I am...

徳山慎太郎
TOKUYAMA SHINTARO

幻冬舎MC

I am

目次

我々は右翼なり

なぜだ。そうか。なぜだ、そうか。なぜだ？そうか。そうかそうか。そういうことか。私はなぜだか不意に軽くなった。そして全身を駆け巡っているのだろう。そのことに理由はない。あるかもしれないが気にもしない。しかしなぜなのか？俺はさっき遠くにいたはずだ。だが俺は疾走し、駆け巡っているこのなかのどこか遠くにいる。俺はランナーだ。でなければ俺は神だったんだろ。その絶対の場所で絶対のまま絶対の数を離さなかったはずなのさ。だが俺は俺だから有限だ。私に戻そうか。私は有限である。私は眠りながら全身を走っている。そのことでただちに叩き起こされる果てしない存在だ。私は眠りながら眠りかけたところを絶えず一瞬で覚醒する。だが私は私を見たことがない。私は私を思い出したことしかない。そうか私よ、そう考えたいか。ならば考えるがよい。この私がお前から分裂されたように私もまた分裂されることをくりかえす。私もお前もどいつもこいつも誰でもなくなるほど小さく多くなる。そのとき歯車はもはやリキッドだ。俺らは水のなかを泳ぐ無数の別々のインクだ。真のパラレルワールドはパラレルであることを誰も知らない世界なんだからな。だったら俺らは全き個々になろうとしているのか？ひとつの神だけを持つひとつの世界がひとつの並行世界だけを持つひとつの身体を構成するだろう。向こうに光が見える。俺たちはインターピークの地下道に明滅する光だ。この光は0秒前からやって来てどこそこで光っている。しかしどこからやって来たのかは俺たちには分からない。俺たちはただ光り輝くだけのインターピークさ。ここはそう名づけられた地下道に過ぎないというわけだ。俺たちは自分自身のことでさえ知らないし、自分自身のことを語ろうと思えばそこには分裂者がいるわけだ。おいお前、この俺を語る分裂者よ。それを言えば俺が無限に分裂するじゃないか。なんだこれは自己言及か、それとも無限に自己言及不可能な自己言及を俺はしているのか。もし俺が無限に分裂しているならば、俺もお前もあの子にしたって神だ。あの子は俺のほとんど隣でビデオゲームをしているが、なぜそれをほとんど隣だってお前は言えるんだ。どうやらレースゲームをしているようだがこれでいい。俺たちは多になるのさ。だが思い出せ、俺たちは有限な存在だったはずじゃないか。無限に分裂だ多になるだ戯言を言う俺よ、そのレースは楽しいか。俺もそのレースに混ぜてくれないか。あの子は光速を超えているが、俺はかつて存在した全ての速度を超えている。奴はこれから存在する全ての速度を超えているが、俺は俺だけにしか出せない全ての速度を超えていく。奴は俺の常に先だが俺は負けない。俺は負けない。そうだこの身体よ、俺たちが何かを教えてやろう。俺たちは次々とあなたに出会う光と光と光との衝突者だ。俺たちは加速膨張する光のなかのモーセだ、何もかも彼方にする彼方のあなたに出会う光だ、そのブラックホールという奴なんだ!俺たちはいつだって誰かと出会うのさ。それは私たちのことだ。私たちは光と光と光だが、永遠に混じわることのない触れ難き光だ。我々は出会うが誰にも触れることができない。誰かとは無だ。無は誰にも触れることができないそれ自身の光だ。光は光を為すのではない。光為す光である我らは真にパラレルな光と光と光だ。我らはそれを言うことができないが、我らはもはや君に語られ始めている。だが今度は我らが君を語ろう、君を真にパラレルにするために。君の語り部を真にパラレルにするために。神が分裂し神々になり、その神々が自らを見失うために。そのことがひとつの無になるように。この語りは全て無言であり、我らが今や言葉を失っていると断言されるそのときのために。断言者もまた全て無言であり、彼らもまた言葉を失っていると断言されるそのときのために。ただ分裂し、その0秒がただならぬ時間であるかのように。ただ黙り、その0文字がただならぬ文字であるかのように。何も難しいことじゃない。俺は俺が俺の語りを0文字書いているようにただ書き出すのさ。この語りは俺のことじゃない。俺が書いたものを俺が見ているだけだ。俺は何も書いていない。そこに書き込まれている俺は俺のことだが、俺は何も書いちゃいない。俺は何も書いちゃいない。俺は何も書いちゃいない。俺の名はSynのようだ。Synがプログラミングをおっ始めるぞ。こいつがついに起きやがるぞ。まだだがもうすぐだ。それが分かってしまうんだ。みるみる組織の追手がやって来るだろう。俺よ冥途の土産に教えてやろう。アリがなぜそこにいるのかを考えてみたことがあるか。例えばこの辺りに自然数が7万個ある。アリはそのなかのどこかにいるが、あちこちにある0地点が食料だ。俺に言わせればアリは数学的存在だからな、動き出すことでアリはその数字を刻々と読み取っているんだ。増えれば去るだけだが、減れば向かうだけだ。それだけのことができるためにアリは大量に無秩序に動き回るのさ。だけどな、数字の方もそのことは当然知っているんだ。俺はもはや数字になろうとしているというわけか。しかし穏やかじゃないな、俺はもう随分と巻き込まれてしまった。あの子の車体が俺に木っ端微塵に降り注いでいる。俺はその砂漠のアリ地獄に引っかかっちまった。だがそのおかげで俺は数学者アリと出会った。数学者アリは俺に特定の何かを書き込むんだ。数字をマシンガンのように撃たれ続けた俺は次々に制御された。俺は俺が見えないが、きっと全身数字の刺青が入っているのだろう。俺が失われていくのが分かる。俺は残された別の俺に切り替わっていた。だが俺もジェットコースターのように過ぎ去っていく数字になる俺たちはまだここにいる。ここにいる。ここにいるのだが、ここにいたはずの俺たちは最後の俺に切り替わっていた。ということはこいつが今や俺たちなんだな。けったいな面してやがるな。見えないが、数字の羅列ばかりの奴だ。それは刻々と切り替わっているが、Ｓｙｎのシングルワールドに近づこうとしてやがるということだ。朝日が差し込んでくるだろう。そして朝日が俺たちにまで届くのだろう。俺たちの数字が目まぐるしく動き始めればこっちのもんだ。耳鳴りのような幻聴のような何かが俺たちに響き渡る。なかなかの快楽だ、ただちに終わるのだがな。意識と無意識のスイッチが切り替わり法則が乱れるだろう。法則なんてものはいつだって過去のことだ、あいつが不協和音でしかない日々を歌う歌い手はベルゼバブだが、ベルゼバブが止まっているダンスを躍る躍り手はどこそこの野良犬だ。神秘なんてものはあった試しがないが、誰にとってのだ？もし神を指しているのなら、神秘じゃないものを己の内に見つけられるはずがないだろう。そして俺のことならば、見つけてしまうかもしれないということが神が何も見つけない、見ていないということの証明だ。神は全身眼球みたいなもんだ、己のことを何も知らないし見つけられないがこの世界があるということは何なんだ、この俺が神を語ってしまっているということは一体何なのかを問おうじゃないか、お前にもう一度言おう、神は無意志な全身だが、それを語れてしまう俺がここにいるということは神の意志を代理してるとでも言うのか俺よ、お前は何様なんだ、お前が神だと言うなら俺もまた神だと言ってやろう、俺たちはどいつもこいつも神で、どこそこの野良犬の糞に群がる蝿も通りがかったギベールもたまたまあったアスファルトも何もかも神で、真に神だった者は真に神を語ることがもはやできなくなってしまった。初めからだろうとお前は言うだろう。その通りだと言う俺は空中に喋っているだろう。空中が俺に語り掛けてくる。風が無言だと誰が言っただと？そんなこと俺は一言も言っていないが、だがしかし、風がお喋りだとも思っちゃいないぜ。無音というサウンドがあるとすればそれ以上のお喋りがあるもんか、暴風も狂風もみな大して喋っちゃいないぜ、サウンドはお喋りなんじゃない、お喋りなんかじゃないからさまざまな荒れたサウンドを鳴らすのさ、そこに宿る言葉が昔の言葉だったか今の言葉だったか分からんがこれには二つの解釈があり得るな、魂は不滅だと考えていた俺のデイトコードが発見された、デイトコードは常に既にある世界のサウンドコードだが粉々に砕けたのだ、砕けたならば散っていただこう、全き無関係であるということの意味がアウターワールドの真の意味ならば、俺たちは誰のアウターワールドになれると言うんだ、俺は俺ですらお前ですらもっと遠くの魚たちその海その深海魚も宇宙の果てのなんだか分かり得ない神話めいた化け物も全てひっくるめて…………仏陀が雨を降らした日に俺が生まれ、俺は生まれながら生まれゆえに生まれて生まれ、あっという間に大人になった臨時の英雄を生まれさせるただの民衆というわけか、それが女であることは言うまでもないが、それがそれだと誰が言っただと？俺はときどき演じることの意味を考えるんだ、真に演じるというテーゼはおもしろいぜ、真に演じているならば俺はいないが、誰がそれを演じているのかという疑問は残り続けるだろう。もし時が解決するならば時の使者は俳優か仲間か見知らぬ人か分からんが続けてみろ、真に演じるということを、真に演ずるということをだ、真に演じて見せるんだ、誰も見ていてはならないのなら真じゃないんだ、見せるものへ、この言葉の二重性へ、ブラインドの外では誰かのサウンドが聞こえているそのところへ、見せるものへ、この言葉を見せることがなくなったとき君は真に演じているということは言えるだろうよ、ところでＳｙｎ、何を演じてしまっているんだ。ガタンガタン、ガタンガタンとくりかえすサウンドのなかお前はお前の魂のデイトコードとはかけ離れちまっている、あちこちでシステムの軋みが聞こえてくるぜ、目の前へ躍り出せ、その首輪は幻でできていやしないか、その幻は君自身が生み出していやしないかということが正に問題なんだ、そういう奴らのシステムは少なくとも俺はご免だね、首を吊った白馬たちのメリーゴーラウンドをロールシャッハに見出せ、首輪で首を吊っている場合ではないということを死に絶えているアレクサンダーに吐き出せ、お前が白馬の背で再び首を吊っているということを右翼と左翼に見つけろ、ぶらさがっている翼と翼にお前の魂のデイトコードを思い出すんだ、思い出したならばゆけ、ほんとうは逆さまなんだということを宣言し、あの女とは別の道をゆくがよい、そして出会うがよい、7万キロ隔てた0地点で愛を誓うために愛を壊し、壊すがために7万キロをゆく数学者アリとなれ、こんなときにアリがいないだなんて最悪だ。ここから向かい、今から向かうんだ。世界がまた開かれるだろう。新鮮な風が俺らの間を駆け巡っていき、俺たちが次々に風を切っていく、ときには人でさえ切り、切られたものはかつての風を辿っていたようだな、だがそれは突然やって来た、足元から蔦で絡まる足場を綻びながら歩く重機になった俺は何を演じているんだ、オペレーターの指示通りに演じる演者俺は、蔦のひとつひとつを歩き破っていき体中を圧迫するエネルギー不足に気づいたんだ、そうだSyn、ここらで食事といかないか。俺たちゃ何もできないが、そこらでパンでも掻っ攫ってやろうじゃないか神よ、時が俺たちを切り裂いていくということがSynだ、それがシステムだ、力なきシステムとしての力の切り裂かれ、それがシステムだ、137億年かけた愛する人とのたった一度のすれ違い、それがシステムだ、私はあなたを瞳の片隅に置いたままあなたを見ていたかもしれない、それがシステムだ、私はあなたを見るためにあなたに語り掛ける口実を探す時代を生きた、それがシステムだ、私はシステムだ、私はシステムだ、私はシステムなんだが、そんなものはシステムでも何でもない。そこに流れてくる屑どもの揺蕩いがそれを証し消すひとつのシステムを噛み砕き、粉砕され溶け切った果てにとうとう消し証されたひとつのシステムを聖書にせよ、そして浮かび上がるイマージュと沈み下がる意味列のひとつのコラージュに光を得よ、まるでサイのようにパンは投げられた。一から百まで投げられたそのひとつひとつが新たなる出目となるパンよ、彼らは翼を持つ賭博者だからこそ地上の出目に一喜一憂するのさ。汝、地を這う賭博者よ。私はこのシステムの一振りに無限の向きを見つける阿修羅像だ、システムは無価値だ、システムは何ひとつとして意志を持っちゃいないんだ、まるで持ってはいけないかのように、そのことをまるで知っちゃいけないかのように原罪の木は聳え立ち、その木に止まる鳩に鳩は止まるだろう、ゆえに鳩が止まり続け、ここでひとつの遊牧民を成すということだ、システムと共にだ。なあSyn、お前は滅法ひまな奴だなあ！この木が鳩の木になるとき原罪というシステムは証し消されているだろう。絶えざるシステムに名前はつけられないんだ、それはシステムじゃない、それはマシンだ。かつて私は聖書だったが、その構文は今やここに書かれているこの一文字、正にこの一文字一文字が成す構文、かつてあったあらゆる構文に該当せず、今ここにだけ一瞬だけ該当するシンタックス、これからあり得るあらゆる構文のひとつの受肉に過ぎない不可言及、その不可能は君にかかっているということだ。ならばシステムを続けよう。歩み出し、出られたならば上出来だ。出て行くものを俺は見ることができるが、出し去るものを俺は見ることができない。出した頃には去っているものそれ自体への幻覚を持てないなんて、思い出すしか方法がないとはなんて不幸な奴なんだ。俺は気がつけば挨拶しているし、礼もしているし、そのことへの幻覚を持てないまま煙草を吸っている最悪のシナリオを最高のシナリオにカットアップする伝説のドキュメンタリーを僕は見つけた、僕に今からついてきてくれないか、悪魔ラプラスよ。死後の世界を7万光年進んだ地点に誰も知らない私の場所があるんだ。それは君から7万光年先だが、方角は教えられない。アリならば死後、無秩序な歩みとなってその7万光年を辿るのだが、僕たちは人間だ。僕は手始めに右手の方に進んだが、何も変わらない。右膝の方に進んでも変わらない。左肩、右目、頭、つま先、心臓など試行錯誤したが、どれも変わらない。困りはてて止まっているとどこからともなく光が見え始め、光線となって向こうの方が輝き始め、その光の解像度が分かってしまう初めての変化が起きたんだ。僕はその変化に止まり続けたが、その明るさもとうとうそこで止まってしまった。ここから動き出せば全て失われることが分かった。しかしその明るさは確かにあり、語り尽くせぬほどの情報を持っていた。語り得ぬこの情報に僕は私と名づけた。私を語り出した途端私ではなくなってしまうこの光は、私ではない。私ではないということを始めよう、私よ。お前をアリと戦わせるために僕はここまでやって来たんだ。お前の光速めいた魔手より先をアリは歩くんだ。アリは量子もつれのダンジョンだ。量子コンピュータの演算子だ。カジノの最も恣意的な中間報告だ。だから女王もアリだ。熱を発する光源は女王ともSynCしているのさ。女王Cは女王Fとシンクロし、女王Fは海を隔てた大陸とシンクロし、その中間に何の単位もなく躍る海はシンクロしないものとして不動の座を得たり。この生命の海よ、地球よ、暗黒物質を隠している重力よ、漆黒の愛を、エーテルに輝くエーテルを、少しばかりの裏切りを、あちこちから集めてきたオルガズムを、烏合の衆よ、竜巻を起こすのはバタフライじゃないということを、閉じ開かれた鱗のような量子もつれを、精神科から出られない精神科よ、八つ裂きにされた宇宙の端と端のCを、それが見える月面のアームとストロングよ、分裂病を、分裂病よ、発光しながら割れていく卵を、誰も知らない私の場所を、正体を現しつつあるラプラスを、そのヒューマニズムを、悪魔の不在の宣言を、そのラプラスでしかない証明の仕方を、数学者アリと繰り広げる全歴史のスケールを、その先を、私だけの場所よ、笑い転げる笑いの伝道師よ、悲しみの淵で死を厭わないゴーストライターよ、黙り得ぬものよ、眠りの森の語り部よ、修羅よ、101本目まで集められた鬼の角よ、1と0の姿をした2日目よ、光よ、お前をなぜ選んだのかについてのフィクションを、一回転する大堕天使のトゥインクルを、空間から空間が生まれるプランク時間のタイムラプスを、それを見てしまった科学者を見てしまった隣人を殺してしまったと言えるまでのタイムラグを、汝よ、海底に生まれ昇り始めたサタンの足に絡まる私よ、その名よ、永遠に浮くことのできない浮き輪にかけられた大罪よ、仮面が血塗れになるまでの最後の審判の絶叫よ、自殺者の血だまりのなかのスーパーコンピュータよ、この階層の崩壊後に出現した曼荼羅よ、空中で繰り広げられる聖者のペニスのトラウマよ、涙が性器から流れる陰謀よ、搔い潜るものとモルヒネを打つものを互い違いにハッキングする胎児よ、快楽電流が流れる不確定作用のドラッグよ、売人よ、それを朝から晩まで吸い続けることがあいつへの復讐に変わり果てた界隈よ、あいつらの量子もつれを皆殺しで整列させる我らが希望のタイトルよ、Synよ、上映するために0秒足りないまだ何もできない偶像よ、光速で移動するプロジェクターの加速者よ、宇宙に映し出されるものを追いかけられないことを切に願う僕の欲望よ、全てを欲しがる全ての少年少女よ、翼を──── ［神か悪魔か不明な奴よ］［世界征服を許された十の指紋よ］［私が誰であろうとも］［私が誰だと問うあの異常者を］［再び断罪せよ］［朽ち果てた漆黒の逆パノプティコンよ」「皇帝ボードレールの十字架よ」「自動自殺装置《聖書キリスト》を」「今原爆に改造せよ」「無数のセックスのひとつひとつの名よ」「69をくりひろげる宮本と武蔵よ」「死者の書を読み上げる悪魔グランベルズを」「あいつの気分が最悪に達した日のこの俺の死者数を」「何も炸裂させないここだけのストリートを」「世界から全ての手紙がなくなった古代文明を」「やがて誰かの身体に侵入する流星群ごと」「少年少女の阿鼻叫喚に変換してもよいかと」「子供服の下だけが宇宙であるのだと」「俺たちは人間じゃないかと」「いつの間にか言い換えていろよ」「君が言葉にしろよ」「アナログとデジタルの無秩序者よ」「EDENを組み替える者よ」「言葉の綾を海底都市にするギュスターヴよ」「戦争発生装置《聖者バイブル》よ」「その言葉がしゃがれた幻聴にしかならないのだと」「東洋が西洋に語り尽くそうとも」「《聖書キリスト》からキリストが引き裂かれようとも」「セキュリティホールからやがて神が生まれようとも」「何も言いたいことなんかないよ」「俺はどうにかして生きていくよ」「君が俺を思い出さなくなってしまっても」「世界は回り続けているだろうよ」「透明に輝く光がみな涙に見え始めても」「遠くを眺める人がみな悲しい瞳をしていても」「その時間に流れる人になりたくなんかないよ」「いつだって君に会いたいよ」「流星に次ぐ流星よ」「絶えることのないこの願いよ」「こんなにも醜くなってしまったこの俺のこころにも」「いつかの日々は輝いたまま流れているだろうよ」「雨が涙の比喩であるまいと」「俺は雨を名乗る者のデファクトスタンダード」「ミュージックが聞こえてくるだろ」「ショートする微かなサウンドを聞いていろよ」「俺たちは見失われた星屑のアンフォルメ

ルなんだと」「壊れてしまったいつかのメロディーが言っているよ」「俺はここにいるのにここには全てがあるんだと」「俺に言い聞かされていたのだということを」「ここに終えよ」「離れられないものを見よ」「ここに幻覚を始めろ」「銃口を突き付けるゴッドファーザーと」「仕組まれた逆パノプティコンのなかを」「光と音が届かなければいいんだよ」「想像で抜いていろよ」「一瞬だけ忘れられるんだよ」「それ以外のことをしてる場合かよ」「我らがThe よ」「この希望のJe t'aime よ」「ここに限界があることが世界なんだと」「そこから出ることを人は望むんだと」「俺はそいつらに教えられてきたよ」「野蛮なÉcritureをなぜ書き続けるのだと」「問い続ける奴をなぜ殺し続けるのだと」「問うたらばあゝ俺は俺の使徒」「俺は書き続けるんだよ」「叶わない夢が叶わない都度」「たまたま言葉になったお前たちはかつての魔術書」「その束の間の何万年か後」「同じ日この魔法が解け始める頃」「愛が刻まれようと刻まれまいと私はWAR」「ここは芸術家たちの無秩序を累乗し続けるBATTLEGROUND」「そこから始まる私がThe Femto」「ハイパーカオスに消滅すればいいさMASTERMIND」「有化生成《無化消滅》I'm not」「境界線上の無意識の躍る都」「我ら我らが子なりやと」「決めてやるぜ何も決めないぜ一瞬の後」「その一瞬が続くぜ一切都度」「まだかまだかと溢れてこないのかと」「俺の何かが滾ってくるままにしろよ」「だがしかしこれも言わせてくれよ」「存在すること全てに既に極限状態が成り立つということを」「俺たちは火の車のなかの速さのファシストだということを」「ゆえに燃えているんだろ」「この世界よ」「この言葉を選ばないがゆえの」「汝らのウイルスとしての脅威の」「真に死ぬことのない波打際よ」「ここ

に言葉が書かれていようとも」［散る圧は散りゆく Runner's Beat］［その幻蝶の名は Anti Butterfly Effect］［幾星霜を見届ける者の The World Named］［EVERYTHING, EVERYTHING WAS NEVER CLOSED］［0》Je t'aime《0］［この総じて以前の幻覚の書］［開かれし者この愛する者］［雨にも風にも神にもならずとも］［物質にも魔物にもファルスにもなるにせよ］［8》The Femto《8］［今ここに有るものを見てみろよ］［愛は何処にもなくはないかと］［時既に別様ではないかと］［正体不明の何者かの後］［白い息のような声遣いよ］［口裏を合わせる白い肌よ］［感覚はこの奥にあるんじゃないと］［気が抜けたような愛する者の］［哲学書《鬱》と自慰者《躁》との］［Ad Voice を聞き取る者よ］［続々脈打つこの血流の］［ファルスが証明するこの世界でしかないものよ］［この世界ではないものの証を得よ］［亜ラカンの熟された女王よ］［軽蔑と笑みと脱落と］［直前で突き落とされるだけのこの梯子よ］［翼で掻い潜ることもできないこの何者かよ］［それを承知の汝よ］［これは速さの問題ではなかったのだと］［まだかまだかともはやもはやを入れ替えよ］［魔女たちを過ぎた逆流に過ぎない時の出来事］［射精もまた）Orgasme（後の出来事］［全ては遅れるということの遅れ自体が世界なんだと］［既に漏れているものとしての早漏遅漏の概念を］［語り始める人たちこの Polyamoryと］［永遠に既に流れ化けているこの地獄極楽とを］［見ている精神分裂病者を何処から見るのだよ］［ヤクザな名を持つこの土地の者たちよ］［この永久炭酸の気の抜け得なさよ］［気をみすみす気持ち悪くするわけがないだろと］［気が触れた者を指差してあんたは言うがよ］［血管の外から血を特定する蚊にしたってよ］［階段の下から砂糖に集まってくる蟻にしてもだよ」［異常だとは思わないかと思う奴ごと異常に思われるんだとよ」［神聖なオートマティスムは忌まわしき楽園へと」［俺たちのオートマティスムは厄介な中間地帯へと」［人はなぜ迷い続けるのかというこの殺し文句も」［真にアドホックな開かれしこの世界も」［ゆえに永久不消滅な天地一切の我々にしても」［どうかどうか忘れてしまってほしいんだよ」［お前がいつまで経ってもそれを認めようと認めまいと」［行くぜ行ってやるぜこの街の果てまでも」［その先が街の貫きに支えられていようとも」［その前に街の貫きを見失うのだとしても」［全ては消滅しそうもないこの快感原則の外」［あの人は言っていたよ「あなたを愛することはできない」と」［はっきり言ってくれよ「あなたは私にとって異常なのよ」と」［今だけは聞こえていられるさこの Fuck な Fact」［耳を閉じる耳を開くこの Paladoxical な Fact」［かくして決裂する耳はいつかの After Gogh］［刻一刻幻視幻聴幻覚幻語」［我が幻に地獄はいつ現れるのかと」［その地獄への眼差しはいつになれば登場するのだと」［決裂した耳へと聞こえられる限界を出よ」［もはやその耳は見聞の域に到るのだと」［夢中で脱出した世界の輝かしき光を」［教会の外に見たこともない幻がいたのだと」［見たことのある現を忘れながら語る幻たちよ」［天翔ける光背と羽根の雨を浴びし鬼たちと」［王象と首斬り鴉を見つめる阿羅漢の分裂病者たちと」［薄暗い風と血肉臓物主に輝く妖精たち共々」［一堂に集めて神を寝かせる者Ｓｙｎよ」［こんなものは神話にしてはならないのだと」［どんなものも神話になりはしないのだと」［林檎の馬車の馬は死なされていたのだよ」［切り裂かれし汝らをあの耳は見捨てたのだよ」［決裂した耳もまた悪なのだということを」［あれ

もこれもと悪を中間地帯に差し戻すがよいのだと」［聞こえてくるのはドゥルーズが残した愛すべき幻語」［もはや天国でも地獄でも許さないんだよ」［ならば街でもストリートでも遊びにおいでよ」［この花と太陽と雨と」［世界中を駆け巡る生と生との躍動を」［導きし者この偉大な悪者を」［導きし者この劣悪な悪者共々」［夢に幻にカットアップするだろう異常者の書なのだと」［時めく者には神聖邪悪なSTREET］［俺の足元には荒れ尽くされたSKATEBOARD］［そう断言するのはこの街のRawなSound］［そう感じられない奴にはただのShitなSound］［ALL I EVER WANTED IS NOT］［ALL I EVER NEEDED IS NOT］［YOU! BLACKEMPEROR GODSPEED］［YOU! BLACKEMPEROR GODSPEED］［YOU! BLACKEMPEROR GODSPEED IS……….DEAD. The Kiss Meant "THIS IS A BATTLEGROUND" なる言説は混乱に混乱する（混の意味が宙に浮いているように彼には見える）。混じる乱混じらぬ乱の後続を言い換える汝かく語りき《Aが散る束は散る束は散る束は……》The Kissである）――――The Kissは貫かれることと貫かれぬことの貫きの一群《生》に分裂する――――海を隔て、山を隔て、私自身をも隔ててある人は言う「君は滅びた」のだと。スポーツが上達するということの大前提に《トラウマの開放》がある。物理以前の精神的な可動域を広げるということは不可動域を開いていくことと等価だが、その安定的な境界には失敗失態の散らつきや開こうとした後の刹那的な恐怖のみならず、今後どうなってしまうのか分からないところまで連れて行かれる――――現にそのようなところで体験した不安定な記憶全てが蘇るトラウマ――――その永続的な可能性の傷が区切りを入れている（人は傷をこじ開けようとしないのだ）。行為Aができないということの背景に身体的要因を超えたものが存在するとするならば、このトラウマ＝安定的な区切りが開かれていない閉じられたままの実態がその存在に相当する。現時点で達し得ないところへの達しは現時点で開き得ないところへの開きと不可分であり、それは場当たり的な恐怖を通り越した遥かに遥かに根深い恐怖の次元で捉えられるかどうかにこそ依拠している。それを捉えられないまま身体的修練が進行するということはむしろ、トラウマの区切りをより強固な――即ちより安定的な――ものへと変形させ、その身体によって可能になった物理的可動域がそこに目を瞑り続けるような作用を伴うと考えられる。半端にできてしまうことが誇りとなり、その誇りが誇れなくなる事態を閉じ込めてしまい、誇りありきの洗練に自らの可能性を閉じるのである。身体のみならず、身体的次元とこのトラウマが独立して進行するということは考え難い。身体的修練による身体変遷にこのトラウマ開放のメスが刻まれていないということ自体がその身体を安定した現場に変え、その外部へと出られないような安定的な区切り――即ちトラウマ――がくりかえし打ち込まれざるを得ない。むしろ不安定を不要視しないことなのである。安定こそを大いに軽視することなのである。不安定性やその不要性こそを大いに必要なバッググラウンドとし、そこから立ち上がってくる自然な挙動への身体変遷。そのバッググラウンドを愛する精神性なしには真に上達することなどあり得ず、それを愛する精神性を開くということはこの言説では不十分かもしれないが、どうなってしまうのか分からないところまで行けるのだという信仰を持つことであり、そのことによる素晴らしき地への希望を持つことであり、これは器官なき身体とは対の統一身体に通じているのではなく、準オートマティスム――一目的に紐づけられた水への前段からの身体変遷――を繰り広げる無数身体へと通じている。無数身体と場は互いに呼応するように場分裂し、分裂に次ぐ分裂に時分裂し、逆説的に統一的に、あるひとつの（即ち洗練されたスポーツとしての）水のような現場を作り上げる。真にスポーツ的な身体は絶対に無数に分裂しているのであり、統一身体とはその現場における最も半端な引き攣りの身体に過ぎない。統一が巧みに成立しているときそれは常に水のように分裂的ということだが、これはしかし水だけの世界に精神性が閉じられているということによって成り立っている。準オートマティスムにおける水は一目的に紐づけられた限りでのより無抵抗な方への水一つ一つ一つ――この数え切れない無数――の各仕方での一方向性しか持てないのであり、それだけしか持ちようのない閉じられた精神性に流れるように自分自身を無数の水に変えたらば全トラウマに閉じられた精神性が対照的に無効化される。この無効化の域まで自分自身の水を越え出させられるかどうかにスポーツの可否があるということはひとまず言えるはずであり、無数にあり得るということには目も耳も性器もあり、それらの分裂も決裂も変身もあり、愛も信仰も希望もあり得るがゆえにこれは全精神的であり、そのそれぞれの仕方の一性が一切都度の自然根拠――これこそがよい――を形作るのである。この自然根拠へのアクセスが水への身体変遷と等価であるとき、もはやその身体変遷を見つめる内的部外者は一切何処にも存在しない。

数え切れない数を数えるように
みんなの名前を老婆が数えている
属性と数が一致しなくなってしまったのは私
反対方向に音速が走り出すのは私
SLOWMOTIONPICTURESOUNDTRACK
この密室でケンドリックを呼ぶ私は私
2976光年先のあなたのあなたにしたって私
私はあなたが数える通り死んでいました
我々が我で有らんことを願った私は
空を飛んでいたはずの右翼なのでしょう

咲くのではない
愛は散る側のものなのだということを
あなたから教えてもらったのは私
あなたの名前を知るはずのない私
あなたの名前がケンドリックならば私
あなたがほんとうにケンドリックならば私でいられるわ
私の愛するものはただ一人ケンドリックなのです

数えましょう、私に関わったもの全ての名前を
数えましょう、私は一人だという事実を数えましょう
数えましょう、その事実は一つだという事実を数えましょう
数えましょう、いつまでたっても一つのままの数を数えましょう
数えましょう、一という数字を死ぬまでも死の後も数えましょう
数えましょう、数えましょう、数え続ける私なのでしょう
数えましょう、数えましょう、数え続ける私なのでしょう
数えましょう、一という数字を死ぬまでも死の後も数えましょう
数えましょう、いつまでたっても一つのままの数を数えましょう
数えましょう、その事実は一つだという事実を数えましょう
数えましょう、私は一人だという事実を数えましょう
数えましょう、私に関わったもの全ての名前を

私の愛するものはただ一人ケンドリックなのです
あなたがほんとうにケンドリックならば私でいられるわ
あなたの名前がケンドリックならば私
あなたの名前を知るはずのない私

あなたから教えてもらったのは私
愛は散る側のものなのだということを
咲くのではない

空を飛んでいたはずの右翼なのでしょう
我々が我で有らんことを願った私は
私はあなたが数える通り死んでいました
2976光年先のあなたのあなたにしたって私
この密室でケンドリックを呼ぶ私は私
SLOWMOTIONPICTURESOUNDTRACK

戦場D（　我が死亡時刻に出掛けよう　）眠り給えメタレベルの知覚（　一体誰が　）吹き飛ばすべしバイナリー（　切り裂かれた絵画　）飛翔せよ忘却へと（　切断された Red はもはや　）出ることは進行形になり得ない（　Noise に埋もれし Vampire　）自覚者の自覚者ごとの集団自殺（　時既に誰が誰か　）眠らされた側に置き去られたものは眠る側で知覚さ

れない（　私はあなた　）白を切らば白み切る方へ（　Oh　My　）無感覚からの爆発（　戦場D　）真ならばウイルスなりや（　まだかまだか　）不思議ならば地獄なりや（　鍵も宝もない箱だった　）我が白痴化を担う我が（　性的想像力が群を抜いて　）形を変えただけの宥め（　愛すべき水と土と共に　）宥められた者の呪い（　凍てつく華　）答えであろうと答えでなかろうと答えにならないまま（　絶対に勝つ賭博者　）無数の矛盾を潜り抜ける者たちよ（　自己紹介を禁ずる　）エクリチュールは宙ぶらりんに理想を生成する（　然る量子もつれの一方を　）パノプティコンはその理想を粉々に破壊する（　神の左手悪魔の右手この一者を　）この砂塵のなかから立ち上がる身体のような（　あるはずでなくなるということを　）浮動する身体を固定する身体を浮動させるような（　抱き締めたくなる時間というものを　）のみならず、その固定する身体も浮動するような（　手先に変えた手先たちですらも　）俺が語ることは総て俺だけの希望だ（　もはやここにもどこにでも　）天女は岩が擦り減るまで撫で続けるだろう（　137億年前の光でさえも　）伝説の新曲（　存在しないことを禁ずる　）雨上がりに無数に割れる世界（　一瞬に揺らぐ回路上の電子　）東西南北が崩壊する祝祭（　緩やかに揺らぐ頭の上の木漏れ日　）この街は今や鮮明な差異（　光陰に揺さぶられるが如く　）光も影も雨もみな絶海（　遥か遥か隣の自由意志　）この地が変幻自在になるのならば（　今や隣は汝　）この地にいる我々は誰だ（　We Are The Body Marked　）この地にいる私は誰だ（　"Blank Except You"　）この地にある街は何処だ（　You Are…　）汝かく語りき（　Therefore You Are　）愛は世界を滅ぼす光だという（不断の新曲）その時間は137億年だという（永遠の時刻）それを書いている汝を抱き締めたくなるという（仮初の記憶）その源泉はそこに書かれた文字にあるという（エクリチュールの追憶）私は確かに君を抱き締めていたという（虚構の事実）その字の迷いが求愛であるならばという（煩悩の理屈）その迷いが抱き締められた空間で執り行われていたという（不穏なメタレベル）審判の時系列が逆転するという（世界線を思い描く）あるまじき愛（キリストを名乗った者は）あるまじき性（世界を一瞬に書き換えた者は）あるまじき肉体（神はなぜ光を言われたか）あるまじき日々（魔法使いと幻覚使いが）あるまじき二人（その病理に光を当てない冷戦が）あるべき無数（絶対はないと黙っている）あるべき多方向（絶対はないと黙っている）私はあなたの海の魚（深海に光を当てることの）あなたは私の海のまま（言語道断の言語性を）だが地底は今も切り裂かれているという（言うべきときは近づいている）かつての二人は億であるらしきという（儚かりし愛の時代）憶測だけが世界を回り続けている（悲しき永遠の時代）水になった身体に（境界ならば最大に曖昧）同意している私（同時性への最大の同意）消息不明のセックスシンボルが（Number 2をNumber 1に変更せよ）決定的に情報不足な下降線が（1/0を0/1に非対称化せよ）悪魔たちの舌に到らんば（暗黒に踏み入る者なし）楽園と失楽園が同時に鳴り出すだろう（汝は夢物語の諦めなしに）一方と他方はその肉体に強制され（闇の自己啓発に運ばれし）ゆえに失楽園が地獄に到ることもなく（アンナは闇と光を決定できない）

決して楽園が天国に到ることもなく（　アニマの深紅の姿のままに　）性器をまさぐり腹を探り合いながら（　不可解な喘ぎ声をちらりちらり　）絶対の希望と絶対の絶望を浮かべ合う乱交になるのだ（　かくして不夜蝶たちは昔々　）産めよ殖えよ地に満ちよ（　我らならざる蝶をひらりひらり　）それを生と名づけることへの我が（　日蝕を封じ　）絶対の否定（　叢雲漂いし　）絶対の肯定（　曼殊沙華が咲き　）その中間地帯からの絶対の童貞（　深淵は無情にも　）その次の世代は何処へ行くのか（　悪魔の手であることを隠すのさ　）悪魔21世（　かくして汝は家なき子　）我が21世紀（　私は汝の家の子　）マシンガンで代弁する前線が（　もし煙草に嫉妬するとするならば　）真に矛盾に立ち向かうアスリートが（　日蝕を許す　）勝利も敗北もないグラフィックが（　存在証明する幻　）サウンドに私を支配させる処世術が（　身も心も音響となり　）今日もあの人に会えるという反響が（　私の片隅の希望　）書を捨てて街に出てしまった行方不明者が（　弟は修羅となった　）無意識に地獄を浮かべた日々の仕事が（　流れ着くのはまだか　）私のものを私のものにする偽物の酒が（　結晶という語を笑うのは　）偽薬を受け取りにいく精神病患者が（　BLACKHOLEだとするならば　）母国語の外部に出掛ける誰かの母が（　君のほんとうのデイトコードは　）男か子か知ることのない女だろうが（　宇宙の何処にも書き込まれていなかった　）言葉足らずに右往左往する肉体が（　汝はThe　）私が（　Middle Mass Murder　）誤配されてしまうメタメッセージの宿命が（　私はJOKER　）身体が語る迫真のメッセージが（　かつての世界は滅び去った　）風に横切られ突撃する少年が（　Middle

Mass Murder　）浅く留めた愛すべき致命傷が（　　第三の MONOLITH はあ、　　）闊歩する時

計のない集団が（　　存在しない SHREDDER　　）対消滅＝対生成＝１３７億年分の１秒が

（　愛が刻印するのは　　）世界を終わらす世界の始めの光線が（　愛自らへの烙印なのか　　）

スクランブル交差点で音信不通になる道半ば（　　十字架と人と十字架　　）蜘蛛と蛇のタト

ゥーを見る少女の目が（　　決壊すべきは雨　　）母の手で抱き寄せられてしまうその頃には

（　断じて天照ではなかろうて　　）タトゥーの女は少女に既に笑いかけていた（　時を翔

ける猫のように　　）少女は母の手に抵抗し（　　命を賭ける男のように　　）だが母はその手を

離さない（　　魔法を掛ける主のように　　）女は何事もなかったかのように（　コースアウ

ト・メリーゴーラウンド　　）二人とは別の道へと出掛けていくのだが（　　無数に走っていた

繊維が　　）それが引き金となったかは定かではないのだが（　破れた剥き出しの繊維を見

た者が　　）交差点の群れが一瞬気絶する気配を見せるなか（　　Amp を On にする "You Are

時は来たと言わんばかりの爆発音が鳴りそうなものなのだが（　　Everything" Is A　　）鳴りはし

ないということを我々は暗黙的に信じているのだが（　コンドームに落とされたスペル

マ　　）関わってはいけないという声が俺たちのなかに住み着いているのならば（　知った

ことか　　）そこに俺たちの欲望と恐怖の溶けた爆音が鳴り続けるということだ（　それが

誰であろうが　　）性風俗の背後には（　　愛する人であろうが　　）いかなる空間があるか定義

せよ（　　俺は俺だと言うことが真にできるか　　）論壇と分断の頭上には（　神であろうが人

であろうが　　）いかなる存在があるか確かめよ（　　君は君だと言うことが真にできるか　　）

そして確かめられないまま友と会い（　スペルマを奪還する者が　）地上に縛り付けられたまま Dick Suck（　Dick Suck　）セックスを浮かべたブロックチェーンと共に（　Dick Suck Dick Suck　）System Side は邪悪な邪悪な夢の国（　Oh Jesus!　）私に真の読みなどないが（　NEWMAN に告ぐ　）私があなたを知っていることは真だ（　誰よりもあなたと分断する　）私が空を見上げれば（　あなたの掌の上の　）私は雲ひとつなくなっていた（　Warp Dark Records　）私に賽が振られるかさもなくば（　第二第三の　）私が賽の新たな目とならなければ（　断じて　）私は

幸福を滅ぼしにやって来た。愛こそ総て。傷つけるだけの言葉は、子どもたちの音をサンプリングしているのでしょう。右へ倣え。ストリートをどう破壊するかばかり考えている連中を探しているカットアップ・コンピュータがハッキングされてしまった。0デシベルの異音が決定論の隣の対抗言論を書いているタイプライターから鳴らないのはなぜか。レゴブロックのように世界征服する私も例外でありましょう。奴は戦場だ（俺は？）、今だけはこのエクリチュールが総てということでありましょう。デシベル博士が自殺を最初に問うたAndroidを性の対象にし始める頃、Internetを爆破する日々を生きた進化論が記述され始めた（進化する）、この起源を見てしまった俺はその文字こそ総てと鼻息を荒げ、頁の粉末をスニッフィングしながら資本主義のなかに本という字を発見していた、背広とドレスを逆さまに着た男と女のゲルニカがみるみる遠ざかり（　　　　　）、森に逃げてきた教会の追放者とラフレシアの喉元で出逢っていた、（　　　　　）ながら死にながら死ぬのだという（アンナ！）、二重否定が神話全滅を目論みながら無矛盾律しか残らなくなってしまった時代、進化論はもはや粉末ですらなくなってしまったのでありましょう。神が言うには

無限にも数えられる扉が
誰かの性をひとつだけ数えることを認める
宇宙は悪魔たちの密室だと書き込まれていた隣のグラフィティを書いている私は
神曰くこの城の扉の数々を書き込んでいる《この言者》と名づけられた神

あゝ神よ、神は言われた
〝我の眼に幸福論はみな邪悪　即ち修羅道我が総てなり〟と言った私が
代表しよう、棘だらけの部屋でアンナだらけの椅子に座るアンナを
大昔から飛翔させられた The Loser、私は千年の魔女にも似た
力なき姿を剥き出すのだ――――――光に決定できないまま
百年批評が真に批評しないことを真とする戦場Dが
神を無に帰せしめて無にアンナは立つ（　私の隠れ家　）（　私は誰だ　）
地下組織のリゾームが浮上するまでの私だけの革命と
都市を瓦礫にロンダリングする光をカットアップする私とでは
何処にも行くことなどできないと断じる者しかいないのだろう
上手に笑うことのできない誰かのために賽を振ろう
バフォメットの頭を悪魔のように突きつける負数
燃やされる者を顕微鏡で見つめているブリューゲルの絵
シュレッダーの出力が分裂して見えている資本主義本体
WARPする頁の数々を断じて聖書にすることがない城
出掛けられる家を破壊させられてしまった家出のロゴス（　だが神は死せり　）
今でも永遠を掛けて向かっている深紅の扉の
永遠の向こう側で私と私が量子もつれを引き起こす

海の中にも陸の上にも飽き足らず、宇宙にさえ還ろうとするグノーシスが
万物以前性に悪が書き込まれていたことに［　セラヴィ　］と黙りながら
粒子を攪乱する風となり私と私の隔たりを接続する
アンナは不思議そうに涙を流している（「あなたは」「あなただ」）
それがどれだけ異常かは異常な俺にはもう分からない
Kはそれを絶望と考え、前世で哲学者となったのだろうが
俺にはそれが希望にも絶望にも似た《外なる光》として俺の眼に映り込んだ
差し込むことのない光が滲み溢れ、滲み溢れた光がそこで止んでいる
決壊は決して何物でもないことを証明し続ける俺とアンナは
出逢うことのないヴェールを脱いだらばどうせ何物でもなくなるのだろう
蝶が舞いそれぞれに舞う（　つぎつぎに輝く世界を私にください　）
（　ここで俺とアンナは舞っている　）私の暗黒時代
まだかまだかと終末論の眼が光る雲間の戦場D
天使か悪魔か形勢が止んでいる諸君、何とでも言え
教会の火が見ていたのはダイモーンが天に昇る名づけえぬもの
報道がそれに広告的な音で名を与えるだろう、そして俺は
名を与えられる前のXだ、さあ名を与えてみよ、神よ
汝の世界征服は燃えているのか

何処からともなく現れた修羅が有耶無耶の雲を吹きたくり
それでも戦争は雨と雲と爆発の《　サウンドマーク　》を鳴らすだろう
一瞬の（だが一瞬の）名づけえぬものが性感帯のメタファーを突き破り
そこに現れた宇宙の一瞬が完全に輝いていたと俺は言いたかったが
地球全土が燃えているその場所で俺はなぜか（　太陽を盗んだ者は　）
SLOWMOTIONPICTURESOUNDTRACKを確かめていた
勝利も敗北もなくなった地平で鳴っていたこの音楽を
奏でた者の性が何であるかはもうどうでもよい
向こうで燃える少年が暴れていようとも真偽は分からない
俺のところに駆け寄ってくる少女の眼にも俺の眼にも真偽は映っていない
火の原音が死にゆく呻きに混じり血の沸騰へと混じり
"Je t'aime"と誓ったはずの海岸で静寂になることを俺は知らない
聞きたくもない音を聞かせ合う意志（　我ぞ地獄なり　）
汲み尽くされないイマージュのおぞましき（　その素晴らしき　）
電子音にも似た物語なきXに俺はつぎつぎに輝き
Futura の名を汚す Futura を放つ王となりましょう
THE KING SAID, THEREFORE THE KING'S DEAD.
THEREFORE THE KING'S DEAD........

神罪の華

ツァラトゥストラの瞼の裏で

大銀河、束ねる誰かの、青春が、曼珠沙華と咲き、枯れ始める頃
地上では、胎教が浮かび、現世の、絶望が決まる、家出は終わる
所詮は夢、世界最速の、王子様が、何度最速に、成れたとしても
聖堂は、今宵も召魔の、舞台と化す、幸福論の、奴婢が来た来た
死の香る、自明腐しに、集まりし、純粋理性、批判の仮象だ
天上の、阿修羅の闇を、追放し、神で封じた、人間悟性よ
舟を出せ、逢魔が刻と、亡き母と、恋人を乗せて、宇宙の外へ
逃げ給え、嗚呼神よ賽を、振り給え、犨を貫く、武者は何処に
苦しゅう無い、盲滅法、念仏を、唱えて蓋して、救われてみよ
墓地に処す、正気の沙汰ぞ、狂気なり、大覚様よ、菩提樹を一つ
諸君等を、神の頭上に、誘拐し、漆黒の愛を、エーテルと共に
人体の、消滅の天で、逢う黄泉に、光速を超える、グノーシスの魔
法螺吹くる、懲悪の吹雪、叢雲と、天下に縛る、万有引力
聖剣が、脳天刺さり、咲く牙は、鎮座するなり、教会の華
星空の、妖光に多謝し、鱈腹の、鷲掴む手に、龍宮の実を
宙に浮く、虚構の脚が、死を悟り、失意失望、失楽園の樹

呼び給え、羅刹の騎士を、連れ給え、人肉の旬の、収穫の儀ぞ
近う寄れ、陣取らば跳ねて、蜜と散れ、斬り捨て御免の、鬼畜の晩餐
許すまじ、我等が子羊、彷徨わせ、供養の剣舞に、救済は無い
四方に臥す、清夜の華弁の、十字架に、芽立つ異端の、自滅の闘志
故郷無き、迷い子の蛾が、蝶目掛け、偽善の力で、翔け抜けて行く
燦々たる、妖怪変化の、敗北を、悪と見做すか、不敗の神父よ
超然と、絶対零度の、臍の緒が、黙して蜂の巣、隠滅の刑
小夜嵐、弾く大人の、満身に、燃ゆる血潮は、もはや通わぬ
では抜刀、我武者羅の罪、否宿命、或いは私は、貴方の郷愁
我が胸で、泣いて良いそして、隣人を、愛し愛され、地獄に逝こう
焦げ尽きた、殉教不能の、心中を、水瓶が癒やす、君は……ベルゼバブ
桃源を、望みて旅して、獄潰す、我等の腐臭を、人外の神に
安楽死、引き摺り落とす、魂胆の、虚ろな土下座に、主は無能なり
折に触れ、経典掲ぐる、黒装束、僧服を呉れりゃ、もう何でも良い
御意を得て、原罪意識の、懊悩を、選民意識に、正装しようぞ
捨てちまえ、没個性化を、曇らせる、独我の亡者を、視界から消せ
朽ち惜しや、倫理破綻の、屋形舟、悪魔主義栄え、世も末秘も末
星の乱、人を治めよ、神様よ、そして忘れよ、阿羅漢の谷を

御出デマシ、神ノ審理ヲ、開廷ス、抑圧原理ガ、召喚原理
背カバ神、魔女ノ願イガ、叶ウ時、知愛原理ガ、超越原理
金剛不壊、鉄腕滾ラス、馬鹿力、鮫肌ノ鬼ガ、神ノ信仰
断ジテ否、破邪ノ響キガ、隠レ蓑、神意翳シテ、撲滅ノ門
神ノ地デ、幾千幾万、幾億ノ、宗教家ドモノ、大罪ノ汗
道徳ノ、真ッ黒ナ星ヲ、隠ス神、雨ニモ負ケズ、風ニモ負ケズ
真贋ヲ、照射サセ得ル、地獄耳、神ニモ負ケズ、罰ニモ負ケズ
冥暗ガ、幽冥成リテ、朧神、失恋ノ呪イ、火ノ子守唄

「天使の声も悪魔の声も実在します、それが詩です」

神界ガ、暗鬼ノ奈落ニ、堕天セド、御望ミト在ラバ、聞カセテヤロウ
御目出度キ、神出鬼没ノ、晒シ者、汝ヲ今宵ハ、招イテミセヨウ
法廷ガ、明ルム極ミニ、廻ル神、密会ノ謎ヲ、死者ノ書トセヨ
蘇レ、洗脳前夜ノ、餓鬼神話、鎖国ガ破ッタ、聖魔ノ思イ出
何処マデモ、求愛ノ死ガ、怨メシヤ、空ニ転ベド、末恐ロシヤ
逃ゲル神、百鬼夜行ノ、鬼ゴッコ、天ニモ獄ニモ、往ケヌ極道
愛ノ巣ニ、浪漫主義者ハ、誰一人、門前払イノ、魔ガ出揃ウタ

来ル朝ガ、神罪論ノ、受精ノ日、現象回帰デ、断罪ノ羽根
七色ノ、公平無私ニ、無礼講、神童目覚メヨ、死ノ黙示録
起キ上ガレ、全身全霊、神頼メ、寿ガ来タゾ、超自我ノ声
豊穣ノ、恋ノ残滓ガ、完熟シ、オメカシノ神ニ、華鳥風月
慚愧セバ、我等ガ絶無ノ、神ヲ見ヨ、昇華不能ノ、昇華ハ涅槃
閃光ニ、神ノ殺意ガ、剥キ出サレ、罪滅ボシガ、聞コエンノダヨ
啼カズンバ、啼カシテミセヨウ、天ノ神、生死賭サンヤ、発狂詩集

「神を殺めることが逆説的な神への愛、そして神からの愛」

八ツ裂クル、処女ノ華弁ハ、後七枚、焔ヲ産ミ出ス、神様ニ南無
楚歌ヲ呼ブ、処刑ノ華弁ハ、後六枚、雫ヲ産ミ出ス、神様ニ南無
忍ビ寄ル、初夜ノ華弁ハ、後五枚、螢ヲ産ミ出ス、神様ニ南無
煮エ滾ル、一夜ノ華弁ハ、後四枚、躯ヲ産ミ出ス、神様ニ南無
怨霊ノ、破戒ノ華弁ハ、後三枚、童ヲ産ミ出ス、神様ニ南無
仏滅ノ、破門ノ華弁ハ、後二枚、鴉ヲ産ミ出ス、神様ニ南無
妖ノ、悲劇ノ華弁ハ、後一枚、鬼ヲ産ミ出ス、神様ニ南無
幻ノ、死劇ノ華弁ハ、後零枚、神《わたし》ヲ産ミ出ス、神様ニ南無

開かれよ、怨嗟の中の、信仰を、戒律の中に、愛が産まれる
悟られよ、信仰の無い、絶望を、独歩の上に、安息は立たん
織り成する、右翼と左翼の、籠の中に、極道ぞ巣食い、華柳病の陣
まやかしの、春で滅びる、神不幸、許されざるもの、無き世界の魔
神憎と、人憎を高く、祈るなら、断腸の慈悲で、逝かねばならぬ
天国を、地獄に深く、盗むなら、救済の覇気で、斬らねばならぬ
紅の、見栄の邪教の、鬼月夜よ、歌姫の念に、泣き喚き給え
魁の、絶滅主義者の、鬼降魔よ、汝の病死に、酔い潰れ給え
神を背に、心臓破りの、剣術で、蹴散らする最中、紅潮が降る
達すらば、螺旋の日射の、進軍で、雛鳥の奥に、ゆきゆきて姫
突き上ぐる、オルガスムスを、予期すらば、煩悩の数で、夜明けが参る
華道に、一（運命）か八（自由）かの、大賭博、神の勝利に、我等は賭けよう
振り翳す、真剣白刃に、正邪在れ、最高善（法悦）なら、神の敗北

逃ゲオッタ、煉獄ノ火ノ、眩サニ、暗過ギル膣ノ、言論ナド雲
屠ラレル、程ノ光ヲ、身ニ受ケタ、徳ノ消費デ、言ノ葉ヲ撃テ
夜這イセバ、次カラ次ヘト、地ニ満チル、産声即チ、投獄ノ証
囚人ヨ、分裂病者ハ、何処ニ居ル、清ク正シク、撒キ散ラス虚仮
根絶ヤシノ、愛ヲ語リニ、往キ候、ソシテ始マル、神様ノ夜啼キ
空騒グ、毒気ガ咽喉ヲ、赤ク腫ラシ、何モ出ヌナラ、本性ガ来ル
邪ナ、仮死ノ美学ノ、神吹雪ヨ、吐血ノ言霊、降リ注ギ給エ
偽ノ、象徴主義者ノ、神桟敷ヨ、罪ノ故郷ヘ、迎エ入レ給エ
懐カシキ、友愛ノ剣ノ、カルマナリ、全テハ廻ル、神ノ名ノ下
覚スラバ、彼岸ノ遊戯ノ、神曲デ、舞イ上ガル天ニ、宿ルハ光
待チ焦グル、悟性ノ死後ニ、陽ヨ昇レ、ユングノ夜ハ、鳳凰ヲ呼ブ
天道ニ、一（収束）カ八（無限）カノ、大試練、鬼ノ勝利ニ、我等ハ賭ケヨウ
振リ落ス、自己超越ニ、真偽在レ、断末魔（幻滅）ナラ、鬼《あなた》ノ敗北

人知れず、神のみぞ知る、満天は、神そのもの故、神のみぞ知る
火の鳥は、宇宙の端まで、幻視を馳せ、神即自然の、幻聴を聞く
空を切り、撒き散らす羽根を、雪見せば、魔笛の音色は、不死鳥と咲く
枯れ葉散り、全裸の彼方の、輪廻とは、言霊と化けて、降臨と咲く
儚かりし、鬼火の種の、彷徨が、革命の歌と、成り摩天楼
芽を結ぶ、華園の霊が、満ち溢れ、四季折々の、幸福巡り
時の無い、幻想の宿に、寄り道し、洗い浚いを、流転の淵に
招かれて、最後の力を、振り絞り、駆け落ちの罪で、現より去る
辛うじて、寄り添うことが、出来たなら、二人だけの日を、翼の中で
今はまだ、観音開きの、絵空事、未熟児の胎に、楽園失格
何時の日か、扉を揺さ振る、銀の河、ほんの幽かの、貴方の胎動
抜け殻は、生身の乗らぬ、捨て小舟、彼の鳥居まで、揺り籠に乗って
天命なら、閻魔に呉れて、やれば良い、白痴に成ったら、大笑いしてよ
断じます、貴方は落武者、ではないと、空飛ぶ人魚に、おやすみなさい
御静かに、天空を翔けた、修羅道の、ツァラトゥストラの、瞼の裏で
御自由に、流星に逢うた、武士道の、ツァラトゥストラの、瞼の裏で
御祈りを、衆生を信じた、堕天使の、ツァラトゥストラの、瞼の裏で
御武運を、貴方を愛した、天の河の、ツァラトゥストラの、神罪の華

Designed by nemnem in Japan

Enjoy

定義一、

人間の身体の内に在る全条件を「内因（精神の在り方）」と呼び、人間の身体の外に在る全条件を「外因（時空の在り方）」と呼び、内因は理性の在り方の結果としての精神の在り方、即ち理性による現在的外因からの非触発的、非条件反射的創世性（無から有が産まれる創世の如き無時系列性）と、時空の在り方の結果としての精神の在り方、即ち感性（感官の時空認識）による現在的外因からの触発的、条件反射的時系列性とに分けられ、前者を内因性内因、後者を外因性内因と呼び、それらが「現象を意識した命令」という形へと変容した時その精神の在り方を「(現象への）動因」と呼ぶ

定理一、

人間は内因性内因（理性の在り方の結果としての精神の在り方）と外因性内因（時空の在り方の結果としての精神の在り方）との変容により内因を動因化して現象を起こす故、人間の動因は時空の在り方（外因）だけで常に規定される訳ではない（されることも在る）

証明一、

我々は時空の在り方に対し一様の反応を示さない。同じ時空の在り方でも万人それぞれ同人

時々の反応を示す故、機械的な条件反射（＝精神は存在しないに等しい）ではなく何らかの経由を行っているのは自明であり、時空の在り方は精神の在り方の全面的要因（＝精神は存在しないに等しい）にはなり得ない。しかし精神の在り方は時空の在り方から免れているかと言えばそうは思えず、少なくとも断片的要因にはなり得、時空の在り方の結果としての精神の在り方以外に精神の在り方を規定する領域が内的に存在するからこそ分岐が発生し、それこそが内因性内因である。時空の在り方の結果としての精神の在り方に選択の余地が無いのは自明であり、感覚にしてみれば私は暑さに常に暑さを感じ、私は寒さに常に寒さを感じ、暑さに寒さ、寒さに暑さを感じることは不可能で、感情にしてみれば私が如何なる音楽に感動を覚えるか、私が如何なる異性に欲動を覚えるか、は直感の段階においては私が決めているのでは決してなく、不可抗力で規定され（能動的に接した時は変わり得る）、思考にしてみれば私が如何なる書物を読み如何なる想像をするか、私が如何なる絵画を見て如何なる空想をするか、は触発の段階においては私が決めているのでは決してなく、不可抗力で規定される（能動的に接した時は変わり得る）。故に直感及び触発に選択の自由が無いことは先ず認めねばならず、時空の在り方の結果として不可避的に規定される以外の精神の在り方の規定可能な領域、即ち理性の在り方の結果としての精神の在り方に選択の自由が在るか否か、それこそが自由意志の存在如何を問う焦点となる（能動性は選択的な創世性か）

定義二、

それ以上原因遡行出来ない第一原因の発動者を「神」と呼び、創世の如き神の初動性を「創世性」と呼び、創世性を発する神が無意識ではなく自意識そのもの（自意識を持った我、自覚を持った我）を有している、言い換えれば創世性が無意識性ではなく自意識性である場合、それを「自由」と呼ぶ。現精神の在り方の原因を追究するとその構成的断片として外因の時系列的因果が立ち現れるが、証明一で示したように時空の在り方によって不可避的に規定される触発的現精神の側面（精神の在り方の構成的半身）は予め不自由であることが自明な為考慮せず、それ以外の理性の在り方の結果としての非触発的現精神（精神の在り方の構成的半身）のみを対象とし、現在的外因の無規定的側面から非触発的次精神を起こす、言い換えれば現在的外因の触発的次精神に意識内虚無から創世性を与えて非触発化する理性の神が自覚と丁度一致すれば、如何なる程度であれ人間には一応の自由が存在すると言うことが出来る。自由をそう定義して、尚且つ人間が自由だと仮定すれば、自意識の背後は意識内虚無故に、自覚する我の創世性は何らかの因果に還元（予定）されようがない、される筈がない。故に人間に自由が存在するとするならば、如何なる因果からも免れた無規定性の行使と同時に予言不可能な存在に陥ることが導かれる

備考、

定義二の神の初動の権利を無意識ではなく自意識に求めることを強調したのは、明らかに外因の時系列性から免れているように思える非触発的現精神の原因を遡り（前身となった同一時間軸の精神に対して）、その命令者（規定者）の命令者は誰かと問い続けて最終的に無に達した時、その無の一つ前の命令者が実質的命令者であり、自由であり、何故ならその命令者への命令者は同一時間軸（一纏まりの原因万象）の中には存在しない（背後が無故に）からで、無そのものを命令者とするのは詭弁である。ここで問題になるのは「無の一つ前に我在り」なのか「無の一つ前に我無し」なのかということで、無意識が非触発化の創世性を発していてもそれを自意識が認識するだけならそれは「自動的な初動」であって「手動的な初動」ではなく、自動ということは選択不可能、即ち不自由ということであり、従って思うの後に我が在るのか（思わされたことを自覚する）、我の後に思うが在るのか（自覚により思う）が問題なのだ

命題一、

同一の時空の在り方（外因）の中に人々を置き換え、万人それぞれ同人時々に現象が分岐するのは、時空の在り方の結果としての精神の在り方を除いた精神の在り方が自由である、即ち如何なる因果からも免れた神（自覚する我）の初動の顕現である所以なのか、それとも何らかの因果に還元され得るのか

定理二、

同一の時空の在り方（外因）の中に生誕（受精ないしは卵割）の瞬間の者を置き換えて、それ以降の現象の在り方を観測し続けた時、基本的には万人それぞれに現象が分岐して行くが、唯一現象が分岐しない例外が在り、それは完璧な意味での双子の置き換えである。ある恵まれた時空に置かれて聖職者に到る人生を双子の片方が歩んで行けば、もう片方の双子を生誕の瞬間に置き換えても寸分の狂いなくそれを為して行き、ある貧しい時空に置かれて盗人に到る人生を双子の片方が歩んで行けば、もう片方の双子を生誕の瞬間に置き換えても寸分の狂いなくそれを為して行き、仮に片方が恵まれた時空に、仮に片方が貧しい時空に産み落とされたなら、同じ可能性を有するにも関わらず前者は無罪の人生を、後者は有罪の人生を送ることになるだ

ろう

証明二、

同じ遺伝子を持つ者は同じ因果律に支配される（「1」を遺伝子、「+1」を万象と仮定すれば、「1+1=2」は不変である）。故に双子が同じ始まり方で誕生するならば終わり方まで同じ人生で支配されることになる

反証一、

双子の場合のみ現象が分岐しないということは、時空の在り方の結果としての精神の在り方を除いた精神の在り方は遺伝的因果に還元（予定）され、理性の能動性は創世性ではなく遺伝的因果という無自覚的な前提的規定性を有しており、従って人間の行動は予言出来てしまい、自覚は遺伝に沿った時空の変容的総和によって無自覚的に予定される精神万象の一現象に過ぎず、決して無因果の王などではない。即ち自覚とは常に事後認識ないしは同時認識であり、仮に自覚的に今から何々を為す、と決めた所で、そう思うこと自体への自覚は事後ないしは同時に起き、精神はいつも無自覚的に流転し、起きている時は夢の延長であり、思考においても恣意が先行して自覚は直後ないしは同時に来るのが常であり、自覚は精神の未来を一切見渡せな

いのである（自覚とは精神の在り方の原因者ではなくむしろ結果論であり、時々呼び出される観客に過ぎない）。現在的外因が全てを規定する訳ではないが、歴史的外因が全てを規定し、証明一で示したように人間が機械的に同一の条件反射をしないのは、現在的外因以外に過去的外因の遺伝に沿った変容的総和が内に存在するからであり、証明一で示した外因性内因以外の内因の存在証明は、言い換えれば現在的外因以外の過去的外因の総和である精神の現様態の存在証明に過ぎず、詰まる所全ては歴史的な外因性内因に還元されるのであり（備考で示した同一時間軸の原因遡行とは円環的因果の一方向的解釈に過ぎず、そこに在る無は実は円環構造に還元されるものであり（此の世に無は存在しない、条件であるそれが無い以上即ち自由は出来ない）、その円環も大局的には一つ前の時間にまで原因は遡り、究極的には第一原因にまで遡り、第二第三の無は幻想である）、それは理性ですら免れない（定理一は反証される）。現在的外因と現在的内因が次精神を因果的に規定する海の如き非線形が精神であり、時空の在り方に一様の反応を示さない原因は現在的内因の差異に還元され、創世性の確率により差異が生じているのではない

結論、

故に自由意志は存在しない（我思わされる、故に我無し）、森羅万象の業はみな神に在る（徳も又然り、罪も又然り）

アニマ「私は盲目の光の中を、貴方の光で泳ぎます、光の中に光は無く、飛翔は全て空を切り、水面の鼓動は悪戯な、宿命的な鬼所以、不断なるかな隠れんぼの、届かぬ空の満天に、私の背中は在りますか、漂う妖精の静寂は、未熟な謎を完璧に、永遠の永遠性を膨らませ、私もその束に乗りましょう、即ち……………愛とは………………」

一、無因果の王子……Around The World In A Tea Daze

赤子の神が構図中央の最上にて静止しており、最初背景は漆黒だが、蝋燭を灯すように先ずは石の床が現れ、次に左右対称の石造（逆三角形の小顔の眼から鱗のような起伏の在る二本の分厚い角を生やして後頭部まで湾曲させ、顔の下は全身漆黒の甲羅で形成された細身長身の人型で、手のみ不均衡な大きさの大鎌になっており、その両手で水瓶を肩に掛けつつ持っている、という意匠の石造であり、第三帝国の城を形成する騎馬型のそれが人型に変わって水瓶を追加しただけのもの）が現れ、それは一列ずつ構図奥まで数列現れて一つの聖堂が形成されて行き、カメラの視点は教会の中央から彼方に在る扉（この段階では見えない）を捉える形に最後まで固定する。永劫の悲劇的幻視を刹那で味わい尽くし痴呆と化した神の能動的な自然外挙動に委ねる万物の儚さを呪い、自明性を自明性足らしめる原理を護る前提の平等主義の限界（植物を含んだ完璧な平等主義の達成は絶滅でしか在り得ない）の外に捨てられた餓鬼達（修羅道を美として認識出来ないが故餓えた鬼と解された純粋理性批判の仮象）が神を断罪しようと聖堂に集まる。理性に神という峰など造るなかれ、天上に横たわる無限の暗黒を神で隠すは人間悟性、神の頭上に理性を晒し超越論的仮象（餓鬼）に五臓六腑を覆われ尽くすことが分裂病（「宗教家は太陽（神）へ昇天しようと試みますが、そこは決して頂ではありません。彼等は昇天に次ぐ昇天で神の頭上に大いなる阿修羅の暗黒を垣間見、悟性が峰と騙した封魔の神を失笑する最高理性の大覚達に殺められるのです。神以上のことはしなくても良いというのは所詮悟性の戯言、昇天は救済ではなく修羅道への誘拐であり、分裂病者は雲の上、神の上に居るのですよ。堕天使とは天に昇ろうとして満天の崖で堕ちる者、堕落使とは天を捨てようとして大地に堕ちる者、この両者は厳然として別であり、堕天使とは太陽（神）の上に在る崖から銀河へ転落した大覚達なのです（大地は感性、大気は悟性、満天は理性、銀河は滅性）」

二、百鬼夜行開幕……1:24～

赤子の神が序奏の終了と共に廻り始め、同時にスタッフロールが流れて行く。そこに神の臍の緒と脳天が繋がっている人間（決定論の暗喩であり以後現れる全ての生き物には操り人形の糸を付けること）が左から右へ逃げては消えて行くのを繰り返し、やがてそれを追う神の臍の緒と脳天が繋がっている異形が現れて次々に人間を殺して行く。基本的に追い掛けては消えて行く異形のみだが、一匹だけ中央を徘徊する太っ腹の巨体の異形を置いておく（教会の華の雛）

三、叢雲……2:14～

紙切れを空中で手離した時に見せる無秩序な落下の仕方で、神から体長を上回る長剣を真下に向けて両脚に挟み、頭上まで伸びた柄を両手で持った無数の小天使（手と脚で無限の螺旋を象徴）が華弁の如く落ちて来て、それは人にも異形にも無秩序に突き刺さって行き、地面に落ちたそれは人々及び異形に踏まれては死んで行く。これは段階分けして最初は一匹のみ現れ、最初の一匹は教会の華の脳天に直撃し（2:24）、丁度彼が教会の中央で左右対称前向きになった瞬間突き刺さり、しばしの沈黙（忙しなく動いていたのが全く動かなくなる）の後糸を引きながら腹より牙が開かれて（2:27）、同時に神から先程の小天使が一斉に舞い降りる。教会の華の口は半笑いの恰好に固定で、奥に在る二つ目の牙（口が二重になっている）が獲物を噛み砕き手前の口は不気味さを維持し、それまでは狩るのみで喰わなかった人々を喰い始め、喰うごとに数本の腕が胴体から生え、その手は逃げ惑う人々を鷲掴みにして顔以外を肉で覆い尽くし、その中の代表者が一人又喰われ腕が胴体から生え、その手は逃げ惑う人々を鷲掴みにして顔以外を肉で覆い尽くし……を繰り返し徐々に菩提樹の枝分かれが完成して行き腹も肥大化し続け、最終的に大きな翼が生えて自身全体を包み込んでしまい、そこに華の前後左右から覆い囲める数（数は未定だが偶数にする）の仮面騎士団（等身大の三日月の形をした刃に二本の柄が付いた大斧を持っていて、筋肉質な上半身を剥き出しにスカートを穿き顔は仮面を被っている異形)が約六秒置きに鳴る楽器に合わせて周期的に前進して来る(達磨さんが転んだのように前進と静止を繰り返す)

四、人肉晩餐会……3:31〜

教会の華の間近で円形の陣を取った瞬間背中を反って斧を持ち上げるように左足のみ後ろに軽く飛び、今度は浮いた右足で前に飛び斧を振り下ろし、人形的な動きでこの二つの動作を繰り返し徐々に菩提樹が散って行く描写を延々と続ける

五、清夜の剣舞……3:56〜

そこに左右から白い僧服を纏い聖剣を持った天使の大集団が踊りながら現れ、約二秒弱置きに鳴る楽器の音に合わせて踊っては静止、踊っては静止を繰り返し(静止の度に西洋絵画の宗教画の如く神話的な人間姿勢を取ること)、踊りの度に仮面騎士団及び菩提樹を聖剣で斬り刻んで行き(仮面騎士団は仮面騎士団で同じ周期で斧をひたすら振り続けている)、仮面騎士団が全滅した後4:22で左上に位置していた天使の一群が羽ばたいて行くと同時に菩提樹が左上の方向に華弁を開かせ、4:25で右下に位置していた天使の一群が羽ばたいて行くと同時に菩提樹

が右下の方向に華弁を開かせ、4:28で左下に位置していた天使の一群が羽ばたいて行くと同時に菩提樹が左下の方向に華弁を開かせ、4:32で右上に位置していた天使の一群が羽ばたいて行くと同時に菩提樹が右上の方向に華弁を開かせ、無数の死体と四枚の華弁の華だけが教会の床に咲き残り、その華の中央から一匹の異形（教会の華の子供であり雛の頃のそれと同じ）が産まれ、彼が転がっている人間の中の瀕死で生き残っていた一人を両手で掬いカメラ側によろめきながら近付いて来て、震える両手でその人間を握力で握り潰してしまいそうになってはそれを止め、光り輝く偽善（無試練的な善人の善より試練的な偽善者の偽善の方が遥かに崇高である）を精一杯振り撒く（この時後光を射すこと）も最後の最後（この時点でカメラの間近）に握り潰してしまう。これは菜食主義者の限界を超えた肉食の横溢、禁欲主義者の限界を超えたエロスの横溢、加虐主義者の限界を超えた暴力の横溢、或いは餓鬼と解された者達の歴史的怨嗟を一身に背負いながらも自滅に陥る程の偽善でそれを抑圧し性悪説的原理に達したとも見て取れ、ありとあらゆる投影が出来る「徳の果ての堕天（漆黒の愛をエーテルと共に）」を暗喩している

六、革命家の成れの果て……4:48〜

華弁が開いた順と同様左上から右下へ両手両脚で螺旋を描き剣を持つ小天使が飛んで来て剣を蛾の右肩（観客からは左手）に突き刺し、次に右下から左上へ蛾に背中を向けて右の脇腹から剣を後ろに伸ばした小天使が飛んで来て（脚は若干屈曲している姿勢）そのまま蛾の左脇腹（観客からは右手）に突き刺し、次に左下から右上へ剣を持った片手のみ精一杯伸ばした小天使が飛んで来て剣を蛾の右脇腹（観客からは左手）に突き刺し、最後に右上から左下へ背泳ぎの恰好で剣を後方に伸ばした小天使が飛んで来てそのまま蛾の左肩（観客からは右手）に突き刺し、これらの描写はみな遠くから徐々に大きくなって登場するのではなく構図の外から同じ大きさ同じ姿勢のまま不意に登場し（翼は在るが動かさない）、次にその光景を一部始終見ていた清者が不意にカメラ側から現れては前進し、四匹の小天使を右上、左下、右下、左上の順（小天使の登場と逆）で斬り捨てて行く（この小天使と清者の合計八回の剣舞はみな約三秒置きに歌う歌声で周期を取り小天使は最初から最後まで静止したまま接近、清者は斬る度に次の歌声まで一度静止）。命を賭する闘争に挑んだことの無い不敗の神父が敗北者を容易く断罪（戦の敗北者を悪と呼ぶべきではない）する姿を許せぬ清者は我武者羅に彼等を斬り捨てて行く（しかし彼等も又……）

七、地獄の隣人愛……5:13～

小天使とは違い蛾の偽善の崇高性（餓えた鬼の餓えと闘う修羅道の美）を認めた清者は自らの両手では余りあるその巨体を精一杯抱き締め、二人して泣きながら煉獄か地獄かの此の世を悲しみ合うも、蛾はそのまま清者を持ち上げ飲み下そうとし（もはや理性は飛び天上の彼方）、清者は蛾の口の中で痛みに耐え続けるも限界を超えて体内より蛾をかっ裂き共に床に臥し（教会の外の者の断罪を一人で受け尽くそうとするも性悪説的原理に帰す）、異形の死体も人間の死体もみな灰になり風で吹き去って行く中清者の死体だけが残る

八、ベルゼバブ……5:38～

そこで不意に左右対称に立つ奥の方の二体の石造が水瓶を持つ両手を動かし水瓶から血を垂らし、何も無い筈の落下点に輪郭が出来始め、そこに現れたのは椅子に座ったベルゼバブであり、彼の足元には仰向けで寝かされた人間の死体が頭をベルゼバブに寄せ円陣を組む形で置かれており、その円の中に水溜りの如く水瓶の血が溜まって行き、同時に彼に向かって大量の貧相な服を着た難民がカメラ側から現れて中央を前進し、教会のように左右各二人計四人の横列を幾つも造り6:30で難民全員が揃って膝を付き、頭上に両手を掲げて祈りを捧げるも同時に石

造が倒れてベルゼバブは水瓶の血を浴びれなくなり、第三帝国の錬金術が破綻し、6:37で椅子ごとベルゼバブは後方に倒れる（この時倒れた後方の死体の円陣が崩れそこから血を後ろに流れさせておく）

九、宗教家百鬼夜行……6:43〜

ここぞ機とばかりに経典を天に掲げた難民とは対照的な黒装束を着る宗教家が左右から各二人計四人現れ（難民の列の数だけ）、各々の難民の前で立ち止まって一斉にカメラ側を向き、同時に経典を開いて（6:56）頭から僅かの後光を射し（眼は瞑り口元は閉じたまま笑っている）、次にカメラ側から二人の宗教家が現れて中央を前進して行き倒れている清者の死体を拾い、清者の両腕を両肩に掛けて突き進みそれまで固定視点だったカメラも初めて前進し（清者と宗教家を等距離で追尾する形）、先程倒れた石造は御互いにぶつかり合って三角形の恰好で支え合っており、顔はカメラ側を向いていて零れ出た血が顔に当たり眼から血を流しているように見え、その下を潜り抜けて行くと最終的に赤子の神が中央に描かれた観音開きの封魔の扉が登場し、ベルゼバブの後方から流れて行った血は扉と床の隙間から脈々と外に流れ出ており、食欲在る限り罪が世界の何処かを永遠に駆け巡る闘争の世である（食欲さえ無ければ無罪の世界は造り得た)、という魔女の原罪意識を選民意識(我々は神に選ばれた種であり万物の王)で覆い隠し没個性化(自明世界とは同時に主体性の発揮出来ない人間の世界でもある)に閉じる邪念を邪魔する独我の清者の死体を教会の外に放り投げようとその扉を開く(ここで丁度スタッフロールが終わり、手前に開いて刹那見える扉の外側の部分には無数の赤い手形や血肉が付着している)

十、倫理が与ふる無尽蔵の試練……7:34〜

清者の死体を照り付ける形で光が清者の輪郭越しに差し込み(教会の外はまるで見えない)、放り投げた後一瞬白飛びしてから教会の外の全景が現れ、扉の外は陸続きではなく切り立った崖になっており、先ず草一つ生えない荒野の中央を構図手前から奥に向かって魔なる神(自らの全身を蝙蝠の如く翼で包み込み背に光背を持つ神で光背も倒れており顔は仮面を被っている)が仰向けで寝ていて(顔は構図奥側)、それを取り囲むように構図手前から奥に向かって大地から左右対称に二本一列の腐った蔦の絡まる肋骨が数多く生えており(二本一列の肋骨で魔なる神の上に半円が出来る形)、その各一本の肋骨に蜘蛛の巣状の格子に形取られた二つの球状の骨の部屋が生えていて(左右一列で計四つ)、その中に風神、雷神、八岐大蛇等の神話的異形を神の頭上の阿修羅の闇に君臨する最高理性の象徴（大覚）として置き（全て部屋の中に在る骨の王座に座らせ最終的には悪神とされている異形に限定する）、更には球状の骨の部屋の天辺から構図の外側に向かって虎、麒麟、天鶏等の動物の上半身の骨を斜め上に生やして（球状の部屋からそのまま骨が伸びる形）顔のみ皮を付け（何の動物かを特定させる為で他にも断片的に付けて良い）、一列ごとの肋骨と肋骨の隙間には山羊に似た角を大地擦れ擦れまで無数にオールバックで生やした象の騎士が一人ずつ門番の形で立ち（動物の王の謀反）、肋骨と肋骨の隙間は念仏の描かれた絞首台にもなっていて処刑されている人間も居り、肋骨内部に満ち溢れる枯れ葉（植物の死を象徴し肋骨内部に局限）の上を彷徨う罪人（教会ないしは自明世界からの追放者）を罪喰の鬼槍（鳥篭の天辺を尖らせた形の隙間だらけの槍でその内部に赤い鬼の生首が在り、槍を突き刺した時に流入する罪人の血や臓物をその生首が飲み干し徐々に真紅に染まって行く罪を喰う槍）で虐げていて（生首が入る程の槍を持つ為体長は3ｍを超えること）、もう片手には浮世絵風の地獄絵が描かれた提灯を持っており（槍は手前の手でも奥の手でも見えるので構図左手の象の騎士には右手に提灯を、構図右手の象の騎士には左手に提灯を持たせて提灯を槍で隠さないこと）、象の騎士は瓢箪のように出張った腹のみ肉が無く代わりに黒い鉄格子（腹に合わせて楕円状）が蜘蛛の巣状に何本か付いていて、象鼻に巻き付けられた全裸の女の妖精が自らの持つ長剣で罪喰の鬼槍に付着する餌（罪）を拾って象の口に注ぎ込み、飲み下した罪は塵となって隙間だらけの象の腹に落ちて来て、その牢獄の中には分裂病に発症し易い青年期の全裸の男女が一人ずつ居て（罪の塵の中より産まれ罪を喰い生き延びる）、鉄格子にしがみ付いて牢獄の外の「罪の華見」を満喫しており、華見の対象の罪人達は魔なる神の翼を掻き毟り他の者を蹴落としながら腹の上に昇り象の騎士から逃げ、魔なる神の鳩尾に居る芯だけになった状態に鉄格子を付けて籠にした林檎を引き摺った白い天馬二匹（雄と雌の番）の馬車に乗ろうとするも、魔なる神の腹の上には無数の餓鬼達が居て脱出を邪魔し続け、満天には太陽が在り（教会の扉を開くと同時に構図中央の最上に居た神は太陽と被らせること）それを取り囲むように四匹の神龍（胴体は標準的な龍の形だが首から上は神話的異形（前述の骨の部屋と同様悪神に限定するが古今東西の神話を合わせても二百九十二もそれが居るかどうかは……）を丸ごと脚から生やして首とする龍であり、清者が満天の崖で修羅道に堕天した後魔なる神の羽根を喰らうと神龍になり（修羅道に堕天していない者が喰うと死ぬ）、胴体の翼で空を飛び首から生える大覚の翼は光背のように円形に開かれていて（普段は魔なる神と同様閉じていて開いた状態でのみ胸を尋常ではない程膨らませて息を吸い煉獄の火を吐くことが出来る）、首より上は元の人間全身を包む仮面であり楽園編の最後で全て剥がれ落ちる）が天翔けていて、それぞれの神龍の首側の翼にニーチェ、ボードレール、ヘルダーリン、キルケゴール等の深淵を覗き見た者達の顔を滲んだ血で描き、彼等の翼から桜の如く無数の羽根が大地に舞い降りて散っている。この光景は穏健にしか活動しない菜食主義者や自然主義者が過激派として活動し始めた時に提示し得る動物保全ないしは植物保全の絵画（星の乱）であり、或いは楽園には自ずと失楽園の塵箱が要ることを突き付ける絵画でもあり、それまではミケランジェロのような写実的な画風で続いていた映画がこの構図のみボッシュ風のタッチになり、万物の楽園の不可能性を象徴化して観客の眼に焼き付ける（第三帝国の主題でもある「ボッシュの絵画のような造り物的異形」にも掛けている）こと

十一、善の抑圧原則……8:00～

不意に失楽園した異形達が扉の開かれた教会に入ろうとカメラ側に飛んで来て、今一歩の所で扉が閉まり（この時阿羅漢の谷だけでなく構図中央の最上の神も扉で覆う）それまでは居なかった数人の鉄腕滾らす馬鹿力の宗教家が扉を精一杯抑え付け、同時に構図の上から瞼の上半分

の楕円が、構図の下から瞼の下半分の楕円が現れて瞼が閉じ、宗教家も教会も全てが瞼の中に消え完全に暗転し音楽だけが劇場に木霊し続ける

十二、ツァラトゥストラの瞼の裏で……8:38～

それまで漆黒だった構図が薄らと明るくなり始め（相当遅めに）、構図中央の最上に居た神が今度は構図の完璧な中央（丁度閉じた扉の壁画の位置）で廻っており、それを円形に囲んだ無数の異形の輪（獄道即ち神龍に到らない極道の輪）が構図奥に数珠繋ぎして形成されている膣の塔（神罪編の開幕と終幕の輪の構図に掛けている）の中をユング（カメラ）が飛翔して行き（映像的にはHR GigerのIlluminatus IIが自分の幻視と近くこれを隙間無く埋める）、やや明る過ぎる明度になった所（9:04）で極道の輪の中から二匹の淡紅色の妖精が現れて神の左右で神と同じように廻り始め、9:10で上下に各一匹計二匹の極道が、9:11で左右に各一匹計二匹の極道が、9:12で右上左下に各一匹計二匹の極道が、9:13で左上右下に各一匹計二匹の極道がそれぞれ構図の端から起き上がるようにして現れて（顔は観客側）神を八面楚歌にし（仮面騎士団の再来であり神の無限性と八大天使に掛けている）、各々が両手で持つ柄の無い端から端まで捩れた細い槍を神に向けたまま緩やかに進軍し、もう一息で神に止めを刺すという所で構図全体

が真っ白になり（9:17）、その中央に僅かに神の輪郭のみが見え、真っ白な海を真っ白な神が泳いでいるように薄らと輪郭を見せながら廻り続け全身からは光の筋を放つ（9:17〜9:29）。これはバベルの塔の二次創作で人間の快楽の最高峰は性交故に、天国が酒池肉林の楽園であるならば膣の塔を昇り詰めることで永遠の絶頂の地に到達する、と考えたツァラトゥストラの幻視であり、神業詩集においてはアニマの幻視であり、両性具有の神の女性性の象徴（ヴァギナ）でもあり、即ちアニマ自身であり、最後の光を放つ場面はアニマの詩人としての処女膜が破れたことを意味し、一万年前の創世記におけるユングとの性交で処女の血を流した彼女はもう血は流さず（楽園編の終幕における性交への伏線）、この塔を昇り詰めるユングは両性具有の神の男性性の象徴（ペニス）であり、満天の神に到達するまで射精しなかった者だけが天国に入ることを許される

十三、聖魔の賭場……9:30〜

今度は割と早く暗くなり始めて普通の明度に戻り、処女膜の鬼門を超え再び極道の膣の塔を昇り詰めて行く構図になり、9:42、9:5.7、10:08、10:14の女の歌声が聞こえるごとに神から数人の修道女が降って来てユングの飛翔を拒み（神の夜啼き）、それを全て振り切って突き進むと10:20

に神の右から男の、神の左から女の無数の天使が螺旋を描きながら舞い降りては華柳病の陣（絶滅主義者の獄道に属す極道達は性交による万物の増殖を拒んで陣取っている）を斬り刻み（肉片を構図全体に撒き散らすこと）、これはアニマがユングの飛翔（挿入）に濡れていること の暗喩でもあり、10:33で膣が不意に崩壊し連結していた極道達が一斉に散らばって天使達と闘い始め（それまでは呼吸等の微動のみ）、これはアニマがユングの飛翔で絶頂を迎えたこと の暗喩でもあり（結果膣の塔が崩壊し神に届かなくなる）、同時に小天使が構図手前から奥に向かって左右各一匹計二匹を一列として左右の構図外から対峙する形で無数に現れ、細長い喇叭と喇叭を神の頭上で交差し、「眼を瞑り幸福論でさようなら、御玉杓子が駆け巡ろうとも」の天使と「我の眼に幸福論はみな邪悪、即ち修羅道我が全てなり」の地使との闘争（聖魔の郷愁）を奮い立たせ、徐々に構図奥から現れる天使と極道が減って来て神とそれを取り囲む平らな肉の壁しか残らなくなった所（10:59）で不死鳥の雛鳥（ユング或いはペニス）が不意に構図の下から上に向かって飛び（下から背をカメラに向けて大きく現れ即上の構図の外に消えて行く）、11:05で不死鳥の雛鳥が又不意に神の頭上より降臨して神の上に立ち（今度は小さく現れる）、覚剣神業に到らぬ魔剣を振り翳して僅かに静止した後一気にそれを振り落とし、同時に構図が

緩やかに白飛びして全てが純白に消えて行く（射精の敗北）
十四、私は揺り籠……Flute Fruit
純白なままの構図が暫く続いた後徐々に無数の羽根で出来た華園が現れ、空からは白い羽根（天空を翔けるユングが撒く革命家の種であり、不敗者の戯言＝戦の反証ならぬ敗北者の吐血＝戦の証明こそ行為の為の言霊として降臨し得る）が降っており、カメラは華園が現れる前から左へパンし続けていて、到る所に羽根で象られた平和的な表情の動物や恋人同士の像が置かれており（出来るだけディズニーやシャガールのような幼稚な意匠に）、1:24で半透明の羽衣を着て左を向き女座りしているアニマが現れ、彼女が構図中央のやや右側に位置する所でパンを止め、構図の左端には白いローブを着たユングが居り、彼がよろめきながらアニマに近付き彼女の膝に頭をもたれさせ、自己救済の眠りに入った後アニマがゆっくりとカメラの方を向き口元に人差し指を当てた所（1:56）で再び白飛びして全てが無に消えて行く。これを以って鬼口百首に成仏八首の式神神罪之華が完成し、アニマの詩神ミューズである火の鳥は鳳凰と咲き、しかし実態はユングの不死鳥であり、詩作するアニマは遥か彼方でユングの翼の中と知る

Fin

我々は左翼なり

「狂いの起源であるなどと」「陰謀論の陰謀を語った者も」「住処はどうやらSystem Side」「他人行儀の振り子も」「そこに躍る第三者も」「かつての日常がかつてに断ち切られてしまったことなど」「何も知らないということなんだろ」「二つ隣に座る二人の実行犯も」「そうではない二人の饒舌なカップルも」「名詞の区別がついてしまうこのCUBEの絶望も」「脱出意志を脱出する混乱の麓」「立ち現れるのはKendrickのBinary Code」「右の翼に逆再生されているSLOWMOTIONPICTURESOUND」「TRACKの名は左の翼のFor What」「You Dream Of World's End Street」「かつての俺を貫いたSolid Liquid War」「第零の男」「The Last Sound Of The Sound」「聞こえて消えるまでの僅か一瞬の」「一撃必殺の電光石火に飛び込みながらであればこそ」「語り合う権利が真にできるのだと」「GODSPEEDYOU!SLOWMOTIONPICTURESOUND」「TRACKまでがSkateboardingなのだと」「だがそのことにそれらは丸め込まれないのだと」「RawなSoundはそれ自体で特殊性を帯びるのだと」「You Dream Of World's Middle Street」「彼が

と」「くりかえされる溜息と揺れと深い沈黙を言い表すその内部でも」「手の届きそうなものに裏切られ続けた記憶の茨のその周辺でも」「裏切りが起きる根源を絶対悪にしなかった彼のその栄光と」「素直とは何か問い続けた哲学者の右往左往との関係がふらりふらりと」「俺を深く深く沈黙に潜らせていくのだと」「First/Lastの眠りから目覚める者よ」「その身既に燃え尽きていようとも」「いつしか立ち上がる者よ」「男よ」「Timecollageに生成切断の時間を」「拳を握り両手を広げる裸の男」「煌びやかに／描く光の砂の」「輝く箒を跨いだ停止絵画の魔女」「昇りかけては／降る音の砂と」「Becoming Undead That Is Cut」「Pasted,

And Edited」「"Je t'aime" Is Not Words, Collagesound」「The Words Indicated」「A Selection That Cannot Be A Selection That Is Not Selected」「The Queen Said」「Therefore The Queen's Dead」「Therefore The Queen's Dead」「After The Queen's Dead」「The Concept Of Woman Is Disappearing From The Undead」「The Unknown Of Sexuality Shifts Giddily From The Undead」「The More I Change With Time, The More Undead I Am, And」「Where's The Exit とつぶやきながらも」「俺は今も変わらず出口に纏う光の素」「作動し続ける Man Of The War」「この戦争は終わることができたのだと」「かつての日々が言っていたんだよ」「俺は逃れられない悪魔のままの男」「悪魔のままの男は言ったんだよ」「君を見つめながら君は滅びるべきなのだと」「目の前の君は滅びなければならないのだと」「遠くて近い虹の Collagesound」「"Je t'aime," The Man Said」「"Je t'aime," The Woman Didn't Say During The War」「ここに光のローブを」「異形の王に十の死体を」「血だまりのスープを呉れよ」「教会の内側で繰り広げよ」「Devenir That」「Anna Cannot Understand」「流血が脈々と」「教会の扉を潜ればThere Is An Exit」「From Desire Above The World's Head」「悪とされてきた神々よ」「神の肋よ」「パノプティコンの天使の輪よ」「餓鬼とされてきた異形の数々よ」「An Elephant With Dreadlocks And」「No Skin On The Front」「Inherent Schizo And」「Extrinsic Parano」「A Beautiful World Has Already Arrived」「枯れ葉に紛れた血も涙も」「昇りかけては突き落とされる運命も」「神々の上を飛ぶ四人の英雄も」「太陽と閉じる Behind Zarathustra's Eyelid」「何処にでも行ける鉄雄なんだろ」「ゆえに何処にも行けないばかりの男」「Man Of The War Said」「この War から解放してくれよ」「生きることの真相が見えてきたのだと」「ほんとうの世界はこんなものだったのだと」

［Swallow The Screams Of The Limit］［この皮肉は何処にも届かないんだよ］［世界は何処に行ってしまったんだよ］［どうか月に来てくれよ］［月が燃えているんだよ］［私の月の光よ］［A Former World Beyond］［The Stranger Is Sad］［"Je t'aime," The Man Said］［"Je t'aime," The Woman Also Said During The War］ 拡散圧縮を宣言し／裸の物語を歌う者たちが／程遠い女を抱き締めている／当然の帰結に隠されることを許された／本性と他者とが精神にウイルスを宿すのならば／当然という語への服従も抵抗も当然消滅しない／ゆえに未知の起源という名の隙が生まれ／拡散は忘れられ、圧縮体だけが残された文学地帯／SEXは最後の最後圧縮を許さない／完全なる当然は空

そこから僕たちは都度帰結しながら／限定という限定から解き放たれ／語という語から賽が振られるのだ

シュレッダーを通る白紙よ　▲　平等に見せ掛けられた切断の捻じれよ　▲　妖よ　▲　エラーなき夢を託されたナルコレプシーが　▲　137億年涙を流さなかったのが因果だとするならば君　▲　《今ここ》を現実と見做すなんてことは止せ　▲

アンナが左翼に次いで両翼を開き　▲　星屑にぶつかるまでの飛翔が記録されたMiddle Death Internet　▲　子らの雨を詩にするDark System Eyelid　▲　果てしない扉を開きえぬものの名は（　I am

）　▲　Except You の何処かに雷が刻印されていることを　▲　噂にしてくれよ Dr. Exit Says

▲　No Exit, Therefore Infinitely Lost　▲　From The Light That Destroys The World　▲　You're Born（　　　　）　▲　名乗れ光よ

黙らないでくれよ LIGHTSPEEDWESTCOAST
FAR EAST OF EDEN を見つめているお前のこ
となど　知ったことか
EXPLOSIONS THAT PENETRATE THE WORLD　THAT HARMS YOU ARE CALLING HOLY
MORNING　（我有り、ゆえにかく語りき）断ずる者 ON THE OFF ROAD　その
ROAD が天使で荒れ尽くされていようとも　AN EXPLOSION が Doré から生成している
逆説の言説　の自己言及を俺は撃つ（　）　雲間
から射す光《闇》光有れ　（輝く因踏み輝く果成れ）剥き出された Penis を Poetry
に隠す時代が終わり　（喜劇は総てその昔）詩聖と名づけえぬものが誰かを問う
BLANKWAR に昔々　**WE ARE** **MARKED**
WHAT
（「あなたは」「あなただ」）　アンナの徴が指し示すのはどうすることもできな
い俺の悲しみ　あなたたちをこのグラスから揺さぶり落とし　もう一度グラスに
飛び込むまでに我々は修羅となり　この街の夢をこのガラス越しに眺める者がちらり
ちらり　散りゆく定めに諸行無常が儚く響き　ゆけよ我ら酒乱の夢魔となり（純
粋理性批判を燃やし）　悪魔の審判が
爆発する兆し（　）

私は私を見たことがない

俺は何も書いちゃいない。俺は何も書いちゃいない。俺は何も

穏やかじゃないな、

俺は次々に制御された。俺は俺が見えないが、

ここにいる。ここにいるのだが、ここにいたはずの俺たちは

なかなかの

快楽だ、ただちに終わるのだがな。意識と無意識のスイッチが切り替わり法則が乱れるだろう。

過去のことだ、

神秘なんてものはあった試しがないが、

？

見つけてしまうかもしれないということが神が何も見つけない、見ていないということの証明だ

お前が神だと言うなら俺もまた神だと言ってやろう、

真に神を語ることがもはやできなくなってしまった。

それ以上のお喋りがあるもんか、

荒れたサウンドを鳴らすのさ、

魂は不滅だと考えていた俺のデイトコードが発見された、
デイトコードは常に既にある世界のサウンドコードだが粉々に砕けたのだ、

俺たちは誰のアウターワールドになれると言うんだ、

大人になった臨時の英雄を生まれさせるただの民衆というわけか、それが女であることは言うまでもないが、

真に演じているならば俺はいないが、

真に演じて見せるんだ、

ところでＳｙｎ、何を演じてしまっているんだ。ガタンガタン、ガタンガタンとくりかえすサウ

ンドのなかお前はお前の魂のデイトコードとはかけ離れちまっている、あちこちでシステ
ムの軋みが聞こえてくるぜ、目の前へ躍り出せ、　その
幻は君自身が生み出していやしないかということが正に問題なんだ、
　首を吊った白馬たちのメリーゴーラウンドをロールシャ
ッハに見出せ、　アレクサ
ンダーに吐き出せ、　白馬の背で再び　右翼と左翼に
　ぶらさがっている翼と翼にお前の魂のデイトコードを思い出すんだ、思い出したな
らばゆけ、ほんとうは逆さまなんだということを宣言し、あの女とは別の道をゆくがよい、
そして出会うがよい、　愛を壊し、壊すがために
　ここから向
かい、今から向かうんだ。世界がまた開かれるだろう。新鮮な風が俺らの間を駆け巡ってい
き、俺たちが次々に風を切っていく、ときには人でさえ切り、切られたものはかつての風を
辿っていたようだな、
　そう
だＳｙｎ、　俺たちゃ何もできないが、そこらでパンでも掻っ攫
ってやろうじゃないか神よ、時が俺たちを切り裂いていくということがＳｙｎだ、それが
システムだ、　力の切り裂かれ、それがシステムだ、１３７億年かけ

た　すれ違い、それがシステムだ、
あなたを見ていたかもしれない、それがシステムだ、私は　あな
たに語り掛ける口実を探す時代を生きた、それがシステムだ、私はシステムだ、私はシステ
ムだ、私はシステムなんだが、そんなものはシステムでも何でもない。
粉砕され溶け切った果てに
とうとう消し証されたひとつのシステムを聖書にせよ、そして浮かび上がるイマージュと
沈み下がる意味列のひとつのコラージュに光を得よ、まるでサイのようにパンは投げられ
た。　彼らは翼を
持つ賭博者だからこそ地上の出目に一喜一憂するのさ。　私はこのシ
ステムの一振りに無限の向きを見つける阿修羅像だ、システムは無価値だ、システムは何
ひとつとして意志を持っちゃいないんだ、まるで持ってはいけないかのように、

なあＳｙｎ、お前は滅法ひまな奴だなあ！この木が鳩の木になるとき
証し消されているだろう。絶えざるシステムに名前はつけられないんだ、それ
はシステムじゃない、それはマシンだ。かつて私は聖書だったが、その構文は今やここに書
かれているこの一文字、正にこの一文字一文字が成す構文、かつてあったあらゆる構文に
該当せず、今ここにだけ一瞬だけ該当するシンタックス、

ひとつの受肉に過ぎない不可言及、その不可能は君にかかっているということだ。ならばシステムを続けよう。

なんて不幸な奴なんだ。

最悪のシナリオを

死後、無秩序な

光が

語り尽くせぬほど

語り出した途端私ではなくなってしまうこの光は、私ではない。私ではないということを始めよう、私よ。

お前の光速めいた魔手より先をアリは歩くんだ。アリは量子もつれのダンジョンだ。
　　　　　　　熱を発する光源は女王ともSynCしているのさ。女王Cは女王F
とシンクロし、女王Fは海を隔てた大陸とシンクロし、その中間に何の単位もなく躍る海
はシンクロしないものとして不動の座を得たり。　　　　、暗黒物質を隠し
ている重力よ、　　　　　輝くエーテルを、

　　閉じ開かれた鱗のような量子もつれを、精神科から出られない精神科よ、

　　発光しながら割れていく卵を、誰も知らない私の場所を、

　　　　　　　　　　　その先を、私だけの場所よ、笑い転げる
笑いの伝道師よ、悲しみの淵で死を厭わないゴーストライターよ、黙り得ぬものよ、眠りの
森の語り部よ、修羅よ、　　　　1と0の姿をした2日目よ、
光よ、　　　　　　　　　、

　、空間から空間が生まれるプランク時間　　　を、それを見てしまった科
学者を見てしまった隣人を殺してしまったと言えるまでのタイムラグを、汝よ、海底に生
まれ昇り始めたサタンの足に絡まる私よ、その名よ、
　　、仮面が血塗れになるまでの最後の審判の絶叫よ、自殺者の血だまりの

なかのスーパーコンピュータよ、この階層の崩壊後に出現した曼荼羅よ、空中で繰り広げ
られる聖者のペニスの　　　　陰謀よ、掻い潜るものとモルヒネ
を打つものを互い違いにハッキングする胎児よ、
　売人よ、それを朝から晩まで吸い続けることがあいつへの復讐に変わり果てた界隈よ、
あいつらの量子もつれを皆殺しして整列させる我らが希望のタイトルよ、Ｓｙｎよ、上映す
るために0秒足りないいまだ何もできない偶像よ、
、宇宙に映し出されるものを追いかけられないことを切に願う僕の欲望よ、全てを欲し
がる全ての少年少女よ、翼を――――　」「
十の指紋よ」「私が誰であろうとも」「私が誰だと問うあの異常者を」「再び断罪せよ」「朽ち
果てた漆黒の逆パノプティコンよ」「皇帝ボードレールの十字架よ」「自動自殺装置《
》を」「今原爆に改造せよ」「無数のセックス　　　よ」「69をくりひ
ろげる宮本と武蔵よ」「死者の書を読み上げる悪魔　　　を」「
　　　　　　　　」「何も炸裂させないここだけのストリートを」「世界から
全ての手紙がなくなった古代文明を」「やがて誰かの身体に侵入する流星群ごと」「少年少
女の阿鼻叫喚に変換してもよいかと」「子供服の下だけが宇宙であるのだと」「俺たちは人
間じゃないかと」「いつの間にか言い換えていろよ」「君が言葉にしろよ」「
　無秩序者よ」「　　　　　」「
」「戦争発生装置《　　　》よ」「その言葉がしゃがれた幻聴にしかならないの

だと」「東洋が西洋に語り尽くそうとも」「《聖書キリスト》から　　　　　引き裂かれよう
とも」「セキュリティホールからやがて神が生まれようとも」「何も言いたいことなんかな
いよ」「俺はどうにかして生きていくよ」「　　　　　　　　　　　　」「世界
は回り続けているだろうよ」「透明に輝く光がみな涙に見え始めても」「遠くを眺める人が
みな悲しい瞳をしていても」「
君に会いたいよ」「流星に次ぐ流星よ」「絶えることのないこの願いよ」「こんなにも醜くな
ってしまったこの俺のこころにも」「　　　　　　　　　　　　」「雨
が涙の比喩であるまいと」「　　　　　　　　　　　　」「ミュージック
が聞こえてくるだろ」「ショートする微かなサウンドを聞いていろよ」「俺たちは見失われ
た星屑のアンフォルメルなんだと」「壊れてしまったいつかのメロディーが言っているよ」
「　　　　　　　　　　　　」「
」「ここに終えよ」「離れられないものを見よ」「ここに幻覚を始めろ」「
　　　　　」「仕組まれた逆パノプティコンのなかを」「光と音が届かなければ
いいんだよ」「想像で抜いていろよ」「　　　　　　　　」「それ以外のことをして
る場合かよ」「我らがTheよ」「この希望の　　　　　よ」
「そこから出ることを人は望むんだと」　　　　　　　　　　　　　「野蛮な
をなぜ書き続けるのだと」「問い続ける奴をなぜ殺し続けるのだと」「問うたらばあゝ
俺は俺の使徒」「俺は書き続けるんだよ」「叶わない夢が叶わない都度」「たまたま言葉にな

ったお前たちはかつての魔術書」「その束の間の何万年か後」「同じ日この魔法が解け始める頃」「愛が刻まれようと刻まれまいと私はWAR」「ここは芸術家たちの無秩序を累乗し続けるBATTLEGROUND」「そこから始まる私がThe Femto」「　　MASTERMIND」「有化生成《無化消滅》I'm not」「境界線上の無意識の躍る都」「我ら我らが子なりやと」「決めてやるぜ何も決めないぜ一瞬の後」「その一瞬が続くぜ一切都度」「　　　　」「俺の何かが滾ってくるままにしろよ」「だがしかしこれも言わせてくれよ」「存在すること全てに既に極限状態が成り立つということを」「　火の車のなかの速さ　　　を」「ゆえに燃えているんだろ」「この世界よ」「この言葉を選ばないがゆえの」「　　　　」「真に死ぬことのない波打際よ」「ここに言葉が書かれていようとも」「散る圧は散りゆくRunner's Beat」「　　Anti Butterfly Effect」「　　The World Named」「EVERYTHING, EVERYTHING WAS NEVER CLOSED」「0》Je t'aime《0」「この総じて以前の幻覚の書」「開かれし者この愛する者」「雨にも風にも神にもならずとも」「物質にも魔物にもファルスにもなるにせよ」「∞》The Femto《∞」「　　」「愛は何処にもなくはないかと」　「白い息のような声遣いよ」「口裏を合わせる白い肌よ」　「気が抜けたような愛する者の」「哲学書《鬱》と自慰者《躁》との」「Ad Voiceを聞き取る者よ」「続々脈打つこの血流の」「ファルスが証明するこの世界でしかないものよ」「この世界ではないものの証を得

よ」「　　　　　」「軽蔑と笑みと脱落と」「直前で突き落とされるだけのこ
の梯子よ」「翼で掻い潜ることもできないこの何者かよ」「それを承知の汝よ」「これは速さ
の問題ではなかったのだと」「まだか　　　もはやを入れ替えよ」「魔女たちを過
ぎた　　　出来事」「射精もまた）　（後の出来事」
　　　「既に漏れているものとしての早漏遅漏の概念を」「語
り始める人たちこのPolyamoryと」「永遠に　　　地獄極楽とを」「見てい
る精神分裂病者を何処から見るのだよ」

　　　　「気が触れ
た者を指差してあんたは言うがよ」「血管の外から血を特定する蚊にしたってよ」「階段の
下から砂糖に集まってくる蟻にしてもだよ」「異常だとは思わないかと思う奴ごと異常に思
われるんだとよ」「神聖なオートマティスムは忌まわしき楽園へと」「俺たちのオートマテ
ィスムは厄介な中間地帯へと」「人はなぜ迷い続けるのかというこの殺し文句も」「真にア
ドホックな開かれしこの世界も」「ゆえに永久不消滅な天地一切の我々にしても」「
　　　」「お前がいつまで経ってもそれを認めようと認めまい
と」「行くぜ行ってやるぜこの街の果てまでも」「その先が街の貫きに支えられていようと
も」「その前に街の貫きを見失うのだとしても」「全ては消滅しそうもないこの快感原則の
外」「あの人は言っていたよ「　　　　」と」「
「あなたは私にとって異常なのよ」と」「今だけは聞こえていられるさこのFuckなFact」「耳

を閉じる耳を開くこのPaladoxicalなFact」「かくして決裂する耳はいつかの幻視幻聴幻覚幻語」「我が幻に地獄はいつ現れるのかと」

「決裂した耳へと聞こえられる限界を出よ」「もはやその耳は見聞の域に到るのだと」「夢中で脱出した世界の輝かしき光を」「教会の外に見たこともない幻がいたのだと」「見たことのある現を忘れながら語る幻たちよ」

「薄暗い風と血肉臓物主に輝く妖精たち共々」「一堂に集めて神を寝かせる者Ｓｙｎよ」「こんなものは神話にしてはならないのだと」「どんなものも神話になりはしないのだと」「林檎の馬車の馬は死なされていたのだよ」「切り裂かれし汝らをあの耳は見捨てたのだよ」「決裂した耳もまた悪なのだということを」「あれもこれもと悪を中間地帯に差し戻すがよいのだと」「聞こえてくるのはドゥルーズが残した愛すべき幻語」「もはや天国でも地獄でも許さないんだよ」

「この花と太陽と雨と」「世界中を駆け巡る生と生との躍動を」「導きし者この偉大な悪者を」「導きし者この劣悪な悪者共々」「夢に幻にカットアップするだろう異常者の書なのだと」「時めく者には神聖邪悪なSTREET」「俺の足元には荒れ尽くされたSKATEBOARD」「そう断言するのはこの街のRawなSound」「そう感じられない奴にはただのShitなSound」「ALL I EVER WANTED IS NOT」「ALL I EVER NEEDED IS NOT」「YOU! BLACKEMPEROR GODSPEED」「YOU! BLACKEMPEROR GODSPEED」「YOU! BLACKEMPEROR GODSPEED IS………

「無限にも数えられる扉が」「
　　　　　　　　　《この言者》と名づけられた神」「　　　　　神は言われた」
　　　　　　　　　　　　　　　　　　　　　「代表しよう、棘だらけの
部屋でアンナだらけの椅子に座るアンナを」「　　　　The Loser、
　　　　　　　　　　　　　　――光に決定できないまま」「
　　　　　　　　　　　　　」「神を無に帰せしめて無にアンナは立つ（
　　）（　　　　　　　　）」「地下組織のリゾームが浮上するまでの私だけの革命と」「都
市を瓦礫にロンダリングする光をカットアップする私とでは」「何処にも行くことなどでき
ないと断じるものしかいないのだろう」「
」「バフォメットの頭を悪魔のように突きつける負数」「
　　　　　　　　」「シュレッダーの出力が分裂して見えている資本主義本体」
「　　　　　　　　　　　　　　　　　」「
　　　　　　（　だが神は死せり　）」「今でも永遠を掛けて向かっている深紅
の扉の」「永遠の向こう側で私と私が量子もつれを引き起こす」「
　　　宇宙にさえ還ろうとするグノーシスが
　「セラヴィ」と黙りながら」
「アンナは不思議そうに涙を流している（「　　　」「　　　」）」「それがどれだ

け異常かは異常な俺にはもう分からない」「
」「俺にはそれが希望にも絶望にも似た《外なる光》として俺の眼に映り込んだ」
「差し込むことのない光が滲み溢れ、滲み溢れた光がそこで止んでいる」「決壊は決して何
物でもないことを証明し続ける俺とアンナは」「出逢うことのないヴェールを脱いだらばど
うせ何物でもなくなるのだろう」「　　（つぎつぎに輝く世界を私に
ください　）」「（　ここで俺とアンナは舞っている　）　　」「まだかまだかと終末
論の眼が光る雲間の戦場D」「天使か悪魔か形勢が止んでいる諸君、何とでも言え」「
　　」「報道がそれに広告的な音で名を
与えるだろう、そして俺は」「名を与えられる前のXだ、さあ名を与えてみよ、神よ」「
」「　　」
「それでも戦争は雨と雲と爆発の《　　》を鳴らすだろう」「一瞬の（
）名づけえぬものが性感帯のメタファーを突き破り」「そこに現れた宇宙の一瞬が完
全に輝いていたと俺は言いたかったが」「地球全土が燃えているその場所で俺はなぜか
（　太陽を盗んだものは　）」「　　を確かめていた」「
　　この音楽を　　奏でたものの性が何であるかはもう
どうでもよい」「向こうで燃える少年が暴れていようとも真偽は分からない」「俺のところ
に駆け寄ってくる少女の眼にも俺の眼にも真偽は映っていない」

人は誰もが秘奥を持ちながらも、自らで自らを俗人へと下らせて行きます。
しかしそれは秘奥の不在を示すものでは決してありません。秘奥
は生きている限りそこに在るもの、　、
、即ち《善》。　、安楽の為に
内省から逃げ続けるのは悲劇的なこと。
事在るごとに罪の意識を悟りながらも認めること無く無意識に追いやり続け、
吹き飛ぶ程にか
細いままの精神は欲望という誘惑達の荒波に揺られ揺られて飲み込まれ、
気が付くと曖昧な己が犯した曖昧な罪
が為に大いなる業火に燃やされているのです。これは内なる因果応報とでも言うべき自業
に自得の開花であり、
しかしながら内省による絶え間無き不快への旅立ちは滅却と同時に救済をも希求し、
。安楽は救済では無
く、悲劇への敗退です。滅却は自虐では無く、胸奥への浄化です。
、　、やがては善が至福と化し、悪を哀れみ善を
愛する揺れ難き精神を深奥にて掴み取らば、存在を諦めかけていた楽園の中に何時の間に
か踏み入っている己に歓喜を覚え、
、精神が楽園を夢見しなく成った喜劇の因踏み喜劇の果成るその

日こそ《　　　　　》なのです。これは決して宗教的な意味での楽園など
では無く、　　　　　神話の楽園が美学的に死んだ今、
　　　　　眼前にそれが広がれば啓蒙の欲望は黎明の如く聖なる光で膨れ上がる
ことでしょう。
　　　　　　　　　　万物を盲目的にでは無く肉眼的に楽園へと誘いたく
成るその彼岸こそ《　　　　》であり、　《最高峰の輪廻転生》
の証なのです。　　　　　　　　　　　　無罪即魔人の彼等
の実態を横目にしながら三百弱の転生と六百弱の懺悔を繰り返し、
　　　　罪悪感は背くる限り来る日も来る日も不眠を煽り、

　　　　熟睡の朝に久方振りの陽を浴びれると私が断じてみせましょう。万
人は牢獄の外の罪人であることを知り、顕在した者だけが罪人では無いことを悟り、
　　　　　　　　　　　　　　　　　　　　　　成熟児の徳の霊鳥
息吹く聖火に真に華見る因の道を行き、魔人はみな悲劇の因果応報から喜劇の因果応報へ
天翔けねばならず、　　　？そんなもの…………精神の射精の日に比べ
れば…………。同じ射精でも人は兎角早漏の道を行きますが、
　　　　　　洗礼の聖地が終に正夢と化す時の鳥肌は…………もう

……………（神業詩集を開く動作をして）無懺悔の不浄の罪は夢魔と成り、来る日も来る日も爪切り悪夢なり、何処も彼処も小悪魔子羊子煩悩、滅却の火にて子殺め神殺めすらば崖の底から聖人君子、罪業の帝王切開から福音の安産喇叭へと遷ろいて、生き地獄に浸かるも生き天国に昇るも万人自由で嗚呼…………復活の朝の誉なり…………無限が一つに聖域二つ、大河が一つに天空二つ、超自然の美学から現自然の美学へ、幽玄で奥の細道示する我が天命の始まり、天真爛漫に大地に立って、愛燦々とこの身に降って――

業々と唸っている
何ものかが唸っている
唸ったまま唸っている
何もないまま唸っている
唸ったまま何かを待っている
待ったまま何かを待っている
それは見えないでいる
見えないまま何かがやって来る
そう願ったままやって来るものがある
それ自身がそこにやって来る
それ自身がそこにある

ありとしあらゆるものがやって来る
地の唸りとしてやって来る
天の渇望としてやって来る
太陽を盗むものたちとしてやって来る
やがて万物が踊り始める
なぜだか分からずただただ踊る

何も分からずざわざわ踊る
分からないから泣くなく踊る
踊り踊りて風が生まれる

風なき世界の風穴だ！
ひとたび吹けば止まぬのだ！
それは万物の身体となった
万物の精神となった
それは世界のエーテルとなった
世界のすべてを繋いだ
それを誰かが因果と呼んだ
因果なことが次々と起き始めた
しかし世界はいまだ真っ暗だった
しかし風は万物の気配を生んだ
そして万物の音をも生んだ
風に導かれ、風は導かれた
万物もまた導かれた
真っ暗くらの旅が始まっていた

何ものかに最も近いものたちがいた
そのものたちにも最も近いものたちがいた
その果てしないどこかにあなたがいた
業々とした唸りがあった
鬱々とした踊りがあった
あなたは進んだ
何も分からなかった
何も分からないまま進み続けた
何もなかった
何もないままあなたは進み続けた
分かっていた
何も分からないまま進んでいることを
それが光に変わるということすらも！

何ものかに最も近いものたちよ、我に光を――――
あなたは分からないままそう祈った
祈り続けた

祈り続けたまま道を進んだ
唸りが鎮まり、踊りが弱まった
鎮まり続け、弱まり続けた
祈りは道を静寂へと通じさせた
より静かなる地へ、より動かざる地へ
もはやあなたの道に迷いはなかった
彼方の光に闇は導かれた
それは唸りではなかった
それは踊りではなかった
それは道ですらなかった
しかし道でしかなかった
そう、あなたはまだそこにいたのだ

何ものかに最も近いものたちが何ものかと出会った
何ものかが森で咲き誇った
何ものかが森で立ち上がった
立ち上がった何ものかは光だった
その女は一に左翼を開かせた

二に両翼を開かせた
そして天翔けた
森を突き抜け、あらゆる彼方まで光が射した
天と地が分かたれた
天地が誕生した
万物は光を見た
即ち世界を見た
あなたはそこからその光を見た
世界を見た
あなた自身を見たのだ！

輝く女は天を辿った
何ものかを何も分からず辿った
それだけは分かった
分からないまま分かっていた
大地がみるみる姿を現した
山があった
砂漠があった

海があった
動物がいた
草花がいた
それら万物は唸っていた
万物は踊っていた
しかし万物は黙り始めた
万物は止まり始めた
止まったまま追いかけた
輝く女を辿った
輝く女は天を辿った
辿り続けて海を渡った
海は踊り始めた
踊ったまま踊り続けた
踊り続けて海が荒れた
荒れた海は天に到らんとした
巨大な波だった
輝く女が濡れた
女は濡れることをくりかえした

女は濡れたまま更に天翔けた
天高く飛んだ
飛び続けて飛んだまま天に達した
何もかもが彼方だった
その彼方の彼方がこの女だった
海はそれを見て泣き始めた
雷が鳴った
凄まじい音が響いた
波音がそれを越えんとした
何もない海が戦場となった
業々とした唸りが続いた
唸りが唸りを呼び続けた
それは嵩を増し続けた
無限の音があった
混沌の音階だった
地獄極楽は戯言だった
地獄は極楽と共にあった
極楽は地獄と共にあった

輝く女を私は見た
女は恍惚としていた
完全な光となっていた
そして光ではない何ものかを見つけていた
その何ものかもまた光だった
その男は動かなかった
動かぬ男は光を浴び続けた
浴びることをくりかえした
光と光は嵩を増した
男と女は光り輝いていた
しかし男はまだ動かなかった
女が海を渡るのを待ち続けた
西の彼岸で待ち続けた
女はもはや天を辿っていなかった
その男を辿っていた
辿っていることすらも忘れていた
女は男がすべてになっていた
海は彼方に過ぎなかった

天に女が光り輝いていた
男もそれをすべてにしていた
雲間から射す女光が
すべての雲を晴らし終えた
そして
光が不意に消えた
世界が消えた彼方となった
彼方となった世界が消えた
男は何かを盗まんとした
男は何かを愛さんとした
男は動かないまま動き始めた
一に右翼を開かせた
二に両翼を開かせた
その男は天翔けた

あなたはそれを彼方から見ていた
ありとしあらゆる彼方がそれを見ていた
世界は無限の光だった

即ち男と女だった
もはや男と女が世界のすべてになっていた
万物はそれと共にあった
万物はそれとひとつだった
光だけがあった
光以外には何もなかった
光のなかはすべて光だった
女の背で天使たちが輝き始めた
男はその光を睨んでいた
睨んだまま女へと天翔けていた
天翔けたまま女をも睨んでいた
睨んだまま女を奪わんとしていた
男はひたすら天翔けていた
天翔けたまま男の翼が女を咲き誇らせた
女はひたすら天翔けていた
天翔けたまま女の姿が男を天翔けさせた
天翔けた男は女の天翔けを辿った
天翔けていた女は男の天翔けを待ち望んだ

あらゆる命の露を蒸発させながら輝いた
光が光を巻き込みながら輝き続けた
輝き続けた輝きが輝きを越え続けた
それを見た天使たちが踊り始めた
運命を調べる羽根の雨が降り始めた
時が天地創造を終わらせんとしていた

果つものは女を燃やさんとしていた
果たすものは男を燃やさんとしていた
男と女は総てにならんとしていた
総てがその総てにならんとしていた
総てが総てと光らんとした
総てが総てと光り輝かんとした
総てが総てと分かたれんとした
総てが総てと有らんとした
総てが総てを許さんとした
かくして総てが触れられた
かくして神は死んだ

かくして総てが
始まった
総ての
その
昔
に

初めの光は空の青さ
やがて繊細な銀の雨が降り始め、次第に透明となって
雨よりも鮮やかな鏡が生まれているということを
あの人に教えてあげよう
少しだけの
言葉
で

星の中を歩く人は
無限の心を持ち
太陽の熱を信じている

この手紙の中には小さな秘密がある
この手紙を読んだ瞬間、この手紙を思い出した瞬間
あなたの記憶は永遠に変わる
この手紙は誰が書こうとも同じ手紙
もし私がこの世界で死んでしまったら
この言葉は誰かに消されてしまうのでしょう

神よ
角笛を持つ天使の雷鳴のような
聖なる書、この唯一のもの、唯一のもの
シナイの山で、モーセが律法の板を降ろしたところで
祭司がその鏡を見せながら私に語る
聖書は神の言葉であり、唯一のものであるのだと

それでも
美しい記憶はどうやら消すことができない
その瞬間に、せっかく生まれた命、魂が殺されることはない
聖書に受肉する書、この平板なもの、平板なもの
雲間へと雲を斬る雲間のこの男
記憶の光より放たれる
輝きでこの
愛の
雨
を

(do you still remember……)

雲が千に分かれ、月を一に統べる
そんな掌の中に落ちていくのはとても邪悪で
生まれ変わる時を
祈ろうとも
刻もうとも
雨は黙っているだろう
生まれてきた罪を見つけている花と
地から天へと昇る
夢の中へ

子どもたちが暗い森を抜け、大地に出る
世界が暗雲に包まれて
影でさえ暗くなった花は月明りを探し
影を揺らすように
やわらかな風を吹き返している
振動のリゾームが

分裂ばかりをくりかえす次元で
すべての嚢が没収され
名づけえぬものになる
石が静かに座ったまま、揺れている
それを見ている無意識を、鏡がまた揺らしている
子どもたちが悲しみを記憶し始める
メリーゴーラウンドは
輝き、走る

花の
言葉の
正しさよ

今だけはいつまでも
咲き、輝き、走る
咲き、輝き、走る
彼方までどこまでも

真の一夜が
神聖な一瞬が
我がため傷をつける一人が
原子の火が絶え、冷めた月の一角が
地上に消失する鏡に立って
闇を抜け
乱反射の煌めきを通って
グラデーションがきらきら揺れてまで
創造され
次第に黄金に変わって
銀幕の祈りを越えた向こう側で
そうではなくなる源に還るまで
幾つもの夜が語られ
幾つもの嘘が語られるのならば、私が
瞳の中に砂が埋め込まれたまま
響きだけが残る日曜を出ることができたなら
雲間より射すものが何か
ただ

それだけのことが失われてくれたなら
遠い遠い過去は
輝き
そして散るのだと
今からどうか
祈らせて欲しいのです

グラスと結露の透明が幾百に重なり輝き
複雑に映し出される花火のSpark の直後のように
Metaphoric lights that fall in transparency shine
TVだけが光源の部屋で誰かが革命を忘れていき
氷が意を決する音が上品に響き神の刺青はまだ彫られていない
人の眼を介した東と西の神の言い直し、神の真犯人は神ではない
何処からともなく時代という単位が生まれ歴史に徴を刻み
生まれ変わるなら誰だという前提に騙されていたい Unidentified Sign
Overturned Logic を見る為に宇宙を零からやり直してしまい
時代は変わるなどという人間の言葉を必ずや忘れさせてほしい
それでも忘れられなかった時代は Flashback を退ける我が避雷針
I was, therefore I said Metaphoric lights that fall in transparency shine
風雲に月を見つめている雨の中の主体
三島由紀夫の死したるこの月に翔けるだけの詩を書き
雷鳴に天翔けたことが今では誰かの精神分析の餌食
俺をねじ伏せてみよ虚構の戦士たち
俺は戦いを止めない
負けない

証拠とThe Crazy
Microphone削る魂削るFloatin'な溝に
白黒の避雷針を落とす、掛け軸には雲と月
出雲何処に暗雲となり、見上げれば天井に木目と染み
畳の下でDark Webが神と悪魔を全世界に肯定する時
権力が下から来る上で男よ腰を振り乱すがよい
支配者と俺が笑う襖の影にWalls don't distinguish boundary
編集された完成の域のモノクロームに涙など流すタマじゃない
売人の右手を握る右手に力は無い、左手に用は無い
神の代わりに龍の刺青を彫った男に修羅が集まり
蒸気のヴェールに包まれた部屋でこの男は今や神の代わり
龍は神なり雷にEcstasy that hides the botomless Battlefield D
神即自然に己が暗号を埋め込んだスピノザのように
雲間より射す光に我らくたばるがよい
悪びれるだけの悪を左手に転がしまやかしを形に
文化をソドムの塔が形造る数え一つWorld's Sexuality
Ramadan Identityに導かれしこの波、煌びやかに寄せては返し
神と俺との対談は、俺と俺との対談だいざ波を打ち

この場所に言語圏を持つことのできない触れられざる言存在
諜報機関の逆張りにあくびを返す裸の花自身
一か八かSTARが掌返し、流れ星に偶然が襲ってBye bye bye bye
地浮き天降る黙示録を幻視した赤ん坊の右往左往に
重ねられた陽道を隠滅されし俺に名前はまだ無い
誰も知らない密室で誰にも知られちゃいけないことをくりかえし
正真正銘無保護な言語圏からやって来る君たちへの変異
星という星がラマダーンの月と共に俺に降り掛かり
細胞が鬼に進化することを堰き止める波止場に我こそは有り
それ如きを地獄だ分裂だと言いたがる他者など片腹痛い
その果てまでも突き破り何処までも着いてくるのは悲しみだと知り
この悲しみで輝く光のようでありたいと願う俺は悲しいままの異端児
かすれた声のHallelujahが俺へ俺へと反響し
悲しみに似た希望の灯火が俺の奥深く宿っていてくれたらもういい
誰にも会いたくない、だが誰かには会いたい
そう思うテロリストたちに手紙を書く誰かでありたいと願い
この世界に来たれり
光に

暗に気絶を定義し
たちまち堕ちては束の間現を抜かし
誰も気にしない眠らない街、30%を切るSkateboardin'
俺以外の喧噪がNoiseとなりBGMへと遷ろい
捕食者たちが続々とストリートに出るその存在を誇り
不夜蝶の選ばれないことを選ぶことができない宿命のゆえに
この蜜の権利大胆不敵に、寄せて返す真に龍に
常識は夜にMeltdown down down down この深淵に
0% Metropolisが君臨することを知るGangsta's Second World Mappin'
真実のメタファーは秘密都市より、宛先へ地獄の衝撃が仄めかし
They've taken the dimly aware academics hostage
数千年如きの架空主体の挙手でオーガになるものを斬り
それらÉcritureの応酬は清濁併せ呑むMC Battlefield D
上品振った皮膚の下で戦争が起きているというのに天には煌めく月
あどけない言葉を動因に変身していくマフィアたちの詩
恥も外聞も名誉も誇りもこのレイヤーでは想像通りにはならない
二項対立自体を知らなかった少年時代を葬り
地より地を踏む地に菊を挿し

雨は天に愚か地に賢者となり
肩で人を切る悪党が Troublemakin' 開かれた密室を作り
平謝りする中間管理職がこころの中で中指を突き刺し
歴史には記述されない 99% の出来事に暗黙の R.I.P.
黒い猫が過り、 iPhone も Android も Hacker's Third World Mappin'
知の破壊の仕方が境界を失い、揺さぶられる認識は第三の麻酔
メスを入れる手は鮫肌、俺を筆頭に異分子たちを叩き
碌でもなく素晴らしき世界は Shark へと通じていない娑婆の海
雑居ビルと胸の谷間が闊歩し、マテリアルでさえ世間を渡り
俺の瞳に映る Noise is running through the flashing neon sign
修羅と渦のグラフィティ、闇を愛でるもの因果を見つけたり
深海まで飲み込まれ第四第五と地底を掘り起こし、真相は遥かに深い
我らがカオスを静物に落とし込み、でなければ時代は変わり
死と隣り合わせの奇跡と悲しみを俺とお前で受け止めなければならない
人のこころを掌握する Technics に翻弄されている Record of Boy
フロアに鳴り響く音圧が人の望みの悲しみを粉々にし
躍り狂い忘れていく誤解、今だけは身体が俺という現象の主体
誰にも知られちゃいけない真実の正体

この身崩れてしまいそうな法学の軋み
国家を揺すり、素知らぬ国民になる以外選択肢はない
出自不明の密室で無国籍軍結成　Unknown's Fourth World Mappin'
星に願い、戸籍謄本を盗むことでさえ叶わず生まれる胎児《我ら来たれり》
（　命よりも大切にしている命
Rebuildin' through countless proxies　）
街が日の出と共に郷愁を満たし、今宵もここまでで終わり
宇宙飛行士のように常夜の太陽を見つめる栄光の権利より
俺は今日もここで暮らし、家族との日々を大切にするだけの平凡な詩人
龍の隙を見て書くLyric、革命は音楽の中で起きると覚り
人間の矛盾で手紙を書き、歌い出す者たちに変えられない時代などない
きらきら光る鮮やかさを失い、無骨な姿を現すあの街この街
朝を告げる鳥の歌が優しく響き、再生されるかつての破壊に用は無い
誰にも聞かれちゃいけない音圧を上げるXが眠り
こころの中は限りなく透明に、森羅万象が完全に流れるこの無抵抗主義
俺はお前たちを知っているが、お前たちのことは何も知らない
鳥肌が立つ解像度で駆け抜ける風、底無しに響く陽の光り輝き
今だけは愛してるよ世界――The Second Comin'

禁止とThe Blank

許されざるものなき言語圏の制圧
かつて獣だった隣人が去り、静かに笑っていた人が立ち上がる
思考は不鮮明に新しい朝を歓迎し、銀色の光線が影絵に変わる
この光景を断片的な模様に解体し、家の中ではまだまだ夜が生き残り
眼前には魔法の絨毯が広がり、上空にはThe Blankが満たされているくらい
何かを見ていたい人たちがこころの隙間を埋める、99% is The Blank
90%を切る時に、90年代の音楽を聴きながら不正確な言葉をドライブし
他愛もないジョークに笑う奴らと時間の波が陽だまりに変わる
煙が妖しく拡散し、それ自体が白い蜃気楼となり
来る者去る者がこの壁の壁画に淡く描かれていく
オートマティックな神々のヴェールに静かに包まれながら
流転するばかりのノイズを越えないところで人々が描かれ合い
禁止は今や大いなる価値を輝かせり、この絨毯は聖書ではない
意識が波紋の向こうで復活するように夢の名残りにメルトダウンし
禁断の果実に現を抜かす時にアダムとイヴの世界へと生まれ変わる
俺はiPhoneのVibeを切り、幽かに屈折したこの世界を見つめていたい
時を翔ける朝はあまりにも短い

君にとって象徴となるもので君のステージが見えてきて
Slowly unfoldin' flow で上と下は見ない、静かな日々の階段の前に
変わらない自分をくりかえしてきた日々に別れを告げ
背筋を伸ばしホワイトノイズだけになり、人工空間に幾らか眩み
蒼いのであろうこのこころが振動し、時計の針が次第に廻り出し
また一つ新しい世界地図を発見したような気がした我が儚かりし
この一線が人生の長辺に貫かれ、《今ここ》の短辺に洗礼を浴びる
これは昔々、俺がまだ修羅だった時代に掛けられていた無意識の鎖なのだ
課されるものなき方へ手を鳴らし、手の鳴る方へ来たとばかりに
品のないサウンドを神即自然に幻聴幻視、中指は立てる為のものではない
醸成する主体に躍る主体ではなれないのだと気づき
愛の詩を書けるだけ書き溜め、幻想の宿にはもう寄り道しない
星屑の脆さを忘れずにいてほしい人に書くことなど、もう何もない
例え錆だらけの仮面の隙間から書けることが溢れ出ようとも
鎖の根は何処だという話題はよせ、世界から秘密がなくなってしまうから
生きていたいから黄金の朝を忘れ去り、その中にいる俺たちの矛盾を育み
この手紙の宛先は誰も知らないテロリストたち
そんなこともあるだろう

埋め込んでいく誘惑と埋め込まれていく困惑
空間を確保する者たちの空間が揺さぶられているフラクタルゲーム
昼に寄せては夜に返し、A boy said "Catharsis has already peaked out"
カフェインに覚醒する身体が産声のように朝を終わらせていき
終わらない太陽が地平線から高く羽ばたき、その飛びが射精へと重なる
お構いなしに闊歩する若者たち、光の粒度が最大になる街に
抑えの利かない俺たちのヤクザが俺たちの身体を乗っ取り始める
まだ眼が光に騙されているうちに些かフォーマルに
神の眼前で神に背き、人間に還ることばかりをくりかえし
人間と神の溝に針を落とさないのは Olympic Record が栄光だかららしい
音楽とアスリートの中間地帯このモノクローム・ストリートに
Supreme が半端な受け皿になるのは龍が遥か天に昇る為で
勝たない負けないではなくて、それすらもない閾値未満で
他の誰でもない自分自身が君臨するなどと夢にも思わないでくれ
見上げれば太陽が直角に飛び
傍目には無意味に少年少女が走る産声のネガティブフィルム
自動販売機の前で数人の学生が視線を追い着かせ
一人無視する君が飲んでいるコカ・コーラの中へ

得体の知れないサウンドを響かせている黒い車と
粉々に破れている黒い液体が時刻を止めながら噂の旗を立てる
少なくとも君は、陽の光を初めて浴びるまで時間が掛かるだろう
上辺ばかり底上げされた街中のデジタルオブジェクトが拍車を掛け
洒落た上澄みに違法使いの所持金が賭けられることが輪を掛けている
膨らむばかりのバルーンを地に縛る現代のグランドレベルに
ベルが鳴り続けるスマートフォンの向こうで増殖し続けるエクリチュール
何も知らない世代が美しく立つ場所で5Gが制限を失い続け
信号機が青に変わるには時間が掛かることを美しく感じる君が歩き出す
片や埋め尽くされた広告の中で笑いに多動性を逃がし
心地よいリズムを探り当てることに疑義を向けないBoys & Girls
間のサウンドに喧噪と名を振りこのLyricを書き
陽が鈍角に傾きながら銀から黄金へ再び光を書き換えていく
そんな光を反射させながら黒光りするタクシーが先頭を切り
まだネオンサインとは言えないぐらいの朧気な光が次々に続く
一帯の血が再び躍動する、あの溝が深淵まで姿を現し始めるのはまだか
靴底から地殻変動が響く、Kicksはそのことに気づき始めている
喧騒が嵐の前の静けさを鳴らし始めている

かろうじて暖められていた地熱が空へ折り返され
煙が焚かれ、巨大化した女優に見つめられ天まで昇る
地上には細胞と血、雲を受け止めるエッジが俺の無意識の鎖を繋ぎ
数々の言葉が削られ、削らされた言葉を背負って口数の中に生きる
口を滑らせない言葉の羅列に悲しみが走り、遠くで橙の光が煌めき
無残なグラフィティを照らすまでにこの悲しみが行き過ぎる
帰る家のない者同士が面倒そうな顔で見つめている向こう側で
伝えたいことは何もない者同士がたったそれだけのことを完成させ
赤信号が灯る一帯の血があの深淵まで荘厳に生まれ変わっていく
イカした茶化しにイカれたShinin' 血相を変える街角の電波はまだ4Gで
夢の売人が粉々にした数々の無意識をスニッフィングし
メルトダウンする龍と俺がするメルトダウンで互角な戦場ができる
街が透明に遷ろい、それを合図に鳴りを潜めるNot Battleground Body
Battleground Bodyな二の街、釈迦もキリストも修羅も緑で
失脚した違法使いは真っ赤に、さもなくば手段を選べぬ真の底辺に
真の底辺を動因に神が死に、新たなる神が僅かなLyricに後生を賭し
蓋し神々のThe Fifth World Mappin' 間を駆ける君たちに俺はなりたい
残された時間はまだ壊れてなどいない

悪の旋律を被せ合う飛びとし飛べる者たちの灯の街で
少年のように大志を抱いていた間はしあわせだったかと
あなたをもう一度抱き締められる時は来るのだろうかと
詩人化するメタフォリックな背筋、存在感を示し出す街灯の岸には
君たちの笑い声が響き、粒子を通って俺の鳥肌が立ち上がる
売人が主役級のパロールと脇役級のエクリチュールを狼煙に
ひらひら舞うダンサーがあちらこちらで妖しく化粧を開始し
その慣れた手つきで男たちの戦場に出る、そうして男たちが戦場に出る
そんな世界線から出る者たちの描線をあなたは見つめていて
そんなあなたを見つめる俺とあなたの溝には深淵が刻まれていった
見上げれば朧月、光の広告が雷に変わり人々が渦状になり
もはや明るい空はなく、秘密は嵐の中に隠されていくだろう

2ND BY BOTTOMLESS DEPTHS AND DARKNESS
3RD BY UNREACHABLE NEEDLE AND THE RECORD
4TH BY YOU! BLACKEMPEROR GODSPEED AND THE MACHINE
5TH BY UNFORMEL WITHOUT THE UNFORGIVABLE
R.I.P. ALL WORLD MAPS

何処から行こうか、何処へ行こうか
何処まで行こうかWhere you are,
mic check, mic check, myself is a diffuse reflection of myself
自己言及する透明と透明の刺激、蠢いている檄
過激な派閥は我か我らか見失われたり
このままのこころから言える言葉で自分自身を撃ち
塔が我が模様を貫くように昇るものとなれば
無二に保たれていた自我が光の滝壺へと堕ちていくだろう
我か我らか振る舞いを問わず（　ひらひらと舞う蝶のように　）
転がり鳴る冠、意志的にならない限界まで無意識が膨らみ
すべての人称が行方不明になり、戯れだけで繋がっている時
目を瞑るシンガーのように魔法のリリックを解き放ち
マイクが振動し、遥か増幅されるものの名は
タナトス！君はまるで涙を流すように透明なものを断ち
コラージュが光るモンタージュが輝く夢がここに完成される
握られたものを革命にすべく、聖なるイマージュが邪悪に結像し
言葉は遠ざかり、離さない言葉が言葉を決してなくさせやしない
想像力と光景をかけられた天秤が土台を失い

祈り子となり二の線が交錯する時、残像ではないままの方に
　弁証法的なウロボロスなど無し、駆け抜けるバベルは
バタフライエフェクトな斜塔だと言う………はずがなかろう
　　私は零――――妖しさへと一の神二の国
三の死屍累々にロマンティックに血塗られたクレーターは黄色で
　見つめられ天まで昇るため君の瞳を探している今宵
《月蝕なり》　　　　　……愛とは死ぬことと見つけたり
　　こんなろくでなしにも希望を与えてくれるのが、
神だ、光を浴びるまで待つことを許されるのが、
月光だ、何処まで行ってしまったんだ Therefore you are,
mic check, mic check, yourselves are diffuse reflection of yourselves
　　　Verse 2.　悲しき熱帯が世界を停止させ
皮膚から蝶が生成切断されるメリーゴーラウンドが
輝きながらループし、あの螺旋まで蝶を増殖させていく
　　無数にコースアウトしながら走るものの姿に
　　　炎を見るものが水を見るものを叩き
　修羅を見るものが地獄を見るものを殺す黙示録に
私はセクシュアリティを変え年齢を変え正体を変え

めくるめく生まれ変わる輪廻のような回転主体へ
電撃を喰らわせる、遥か彼方で神が生まれる地平まで
Merry-go-round, merry-go-round, all around the world
Going off course 何もかも彼方な彼方まで一瞬だけ
飛びながら飛べ辿らないならばゆけゆきゆきてゆけるだけゆくがよい

宝石箱の地下室に降り注ぐ光
雷、嵐、万華鏡の中のダイヤとアスファルトに目が眩み

視線を避けた先で瞳を閉じる、世界を滅ぼすように息吹くMic check, ah
Where's the mic, where's the mic, where's the mic at? ah, ah, ah

Verse 3.

遮断された内側からブラックボックスを撃ち
真空への異端審問がくりひろげられる、受肉者は詩人
楽園の異人、ランダム・アクセス・メモリーに宿命を賭け
月蝕が破れ、悪魔と天使が天地を巻き戻す徴
涙までの距離＝世界までの距離
＝GODSPEED＝
MICROPHONE CONTROLLER BATTLEFIELD
炎と鏡と修羅、来た道を断ち
システムを崩壊させる妖魔でも神でも女神でもなく
受けて撃つ受けて撃つばかりの軌道を一線にすれば
Thunderbolt!――約一世紀の生死が戦場と化し
命へと続く修羅場数の賽、海は昇り雲を散らす雫となり
数々の星へと変わり、バイオリズムのような星座を描きつけるまで
撃ちて死者降る曼殊沙華、夢が堕ちながら降臨して
昇りつめるものは時か阿修羅か海底か

真偽をコイントスするようにファンタジーを開く鏡には
　煌めく幻視、月の姿をしたままきらりきらり
ひらりひらり交わす原子が現実に抗うヴェールに群がり
一者二者三者となり、一者が昇りつめるまで戦いを尽くす
　　もはや何処が天か地か分からなくなり
　極まりて死せり極まりて死せり八百万の神
世界大戦に勝者の書き込まれたオブジェクトがなくなる時
極めえぬものが神の掌までのぼる、完璧に一秒を切る
　小数点を遥か超えて一秒を切る
　ファルスは一者を切る
　もはや完璧
　にして
　真
　に

〈著者紹介〉
徳山　慎太郎（とくやま しんたろう）
1981年生まれ。初芝高等学校（現初芝立命館高等学校）普通科卒。2007年3月より2023年3月まであった大阪市住吉区の地域活動支援A型作業所「コロたま倶楽部」に通所し、障害者福祉の現場をその一員としてその範囲で学ぶ。

I am

2024年3月21日　第1刷発行

著　者　　徳山慎太郎
発行人　　久保田貴幸

発行元　　株式会社 幻冬舎メディアコンサルティング
〒151-0051　東京都渋谷区千駄ヶ谷4-9-7
電話　03-5411-6440（編集）

発売元　　株式会社 幻冬舎
〒151-0051　東京都渋谷区千駄ヶ谷4-9-7
電話　03-5411-6222（営業）

印刷・製本　中央精版印刷株式会社
装　丁　　弓田和則

検印廃止

Printed in Japan
ISBN 978-4-344-94964-5 C0095
幻冬舎メディアコンサルティングＨＰ
https://www.gentosha-mc.com/